10247

ÉTIENNE MORET

PAR

FRANCISQUE SARCEY

PARIS

CALMANN LÉVY, ÉDITEUR

ANCIENNE MAISON MICHEL LÉVY FRÈRES

RUE AUBER, 3, ET BOULEVARD DES ITALIENS, 15,

A LA LIBRAIRIE NOUVELLE

1876

A
EDMOND ABOUT

Mon vieux camarade, mon cher ami,

Veux-tu me permettre de te dédier cette histoire, dont tu as connu le héros aussi bien que moi ? Elle te rappellera le souvenir de ces jeunes années d'école, qui nous sont restées bien chères à tous les deux.

C'est toi qui, il y a de cela bien longtemps, alors que je débutais dans les lettres sous le patronage de ta chaude amitié, m'indiquas ce sujet de roman; c'est chez toi, dans cette aimable villa de la Schlittembach, aujourd'hui, hélas! fermée et solitaire, que j'en composai les premières pages, qui restèrent ensuite bien des années au fond de mon tiroir, oubliées et comme perdues.

C'est encore pour toi, *le XIXᵉ Siècle* demandant un feuilleton à tous les échos, que je repris à nouveau ce récit commencé jadis, et l'écrivis d'une seule traite, avec un douloureux plaisir.

Il t'appartient donc pour le moins autant qu'à moi, et je ne fais, en te le dédiant, que te rendre ton bien.

Je voudrais qu'il fût meilleur; plus digne de t'être offert et d'être lu par nos camarades de l'Université. Mais la plume qui a écrit *Germaine* dort séchée sur ton écritoire, et j'aurais eu beau to l'emprunter, il m'eût toujours manqué la manière de m'en servir.

Bon ou mauvais, je ne me repens pas d'avoir composé ce petit volume, puisqu'il m'est un prétexte à montrer une fois de plus aux lecteurs nos deux noms fraternellement unis, puisqu'il me fournit une occasion de te donner un public témoignage de profonde reconnaissance et d'inaltérable affection.

FRANCISQUE SARCEY

ÉTIENNE MORET

I

L'ÉCOLE NORMALE

Le Constitutionnel publiait, dans son numéro
du 25 avril 1852, le *fait divers* suivant, qui
fut reproduit par tous les journaux :

« Hier soir, à onze heures, un homme
mal vêtu enjamba la balustrade du Pont-
Neuf et se précipita dans la Seine. Un ser-
gent de ville, qui avait depuis longtemps
remarqué ses allures bizarres et le suivait
de loin, ne put arriver assez à temps pour
s'opposer à l'exécution de son fatal dessein.
Le courageux agent de la force publique
n'hésita pas une seconde : sans prendre le

temps d'ôter son habit, il se jeta dans la
rivière, à l'endroit même où il avait vu disparaître l'homme qui venait ainsi d'attenter
à ses jours. Il plongea à diverses reprises
dans l'eau glacée et fut assez heureux pour
le ressaisir. Il le ramena sur la berge. Ce
n'était plus qu'un corps froid, qu'on essaya
en vain de ranimer; tous les secours de l'art
furent inutiles : il avait cessé de vivre.
Comme on ne trouva sur lui aucun papier
qui pût faire constater son identité, on transporta son cadavre à la Morgue. »

Et le lendemain on lisait dans le même
journal :

« L'homme qui s'est hier noyé dans la
Seine a été reconnu par un de ses amis. Il
se nomme E. M... et n'avait que vingt-trois
ans. C'était un des plus jeunes et des plus
brillants professeurs de l'Université. Il était
depuis peu sorti de l'École normale, dont il
avait été un des élèves les plus distingués.
On croit que des chagrins d'amour l'ont

poussé à prendre une aussi funeste résolution.
Il ne laisse point de famille. »

No vous est-il point arrivé plus d'une fois,
quand vous trouviez dans votre journal un
de ces *faits divers* si froids et si secs, de
recomposer par la pensée toute l'existence
du malheureux dont vous lisiez la fin tragique?
Par combien de misères avait-il dû passer
avant de se résoudre à rejeter lui-même le
fardeau de la vie! Pauvre Étienne Moret!
je l'avais connu, et quel que soit le poëme
de douleur que votre imagination ait brodé
sur ces lignes indifférentes, où le journal
relatait ce qu'il appelle un *sinistre*, la réalité
est plus navrante encore.

C'est une histoire pleine de larmes et
d'enseignements tout ensemble que l'histoire
de cette vie si tôt et si affreusement terminée. Il me semble qu'il y aura pour moi
quelque douceur à la conter aujourd'hui,
pour vous quelque profit à la lire. J'ai
recueilli avec un soin pieux tout ce que mes

souvenirs me rappelaient de cet infortuné
jeune homme qui fut notre camarade ; ceux
de ses amis qui l'avaient plus familièrement
connu et suivi plus longtemps m'ont instruit
de ses dernières années, dont j'ignorais
l'histoire.

Des lettres confidentielles, des papiers où
il avait noté quelques-unes de ses impressions, m'ont été remis entre les mains; j'y
ai pu voir à plein sa belle âme.

C'est dans la cour de la Sorbonne que je
me rencontrai pour la première fois avec lui.
Nous n'avions guère alors que quatorze ans
l'un et l'autre. Ah ! le bon temps, l'heureux
temps, et avec quelle joie j'en retrouve le
souvenir tout frais dans ma mémoire !

Nous étions venus là pour les compositions
du concours général. Vous vous souvenez
peut-être, si vous avez fait vos études à Paris,
que tous les ans, au mois de juillet, les neuf
lycées de Paris et de Versailles envoient à la
Sorbonne un certain nombre de leurs élèves,

choisis dans chaque classe parmi les meilleurs, pour s'y disputer, en champ clos, ces
couronnes que les mères ont le tort de regarder comme des promesses de génie.

Hélas! nous pensions en ce temps-là tout
comme nos mères. Qu'il faisait beau nous
voir marcher gaillardement, nos dictionnaires sous le bras, et tenant de l'autre main
un large filet rempli des provisions de la
journée! Nous étions plus fiers et plus émus
que de vieux soldats, le matin d'une grande
bataille! Rien ne nous eût ôté de la cervelle
que l'univers avait les yeux sur nous; nous
brûlions de nous couvrir de gloire. Remporter un prix au concours, au *grrrand*
concours, comme nous disions en faisant
sonner tous les *r* de notre épithète. Lire son
nom en toutes lettres dans le journal, s'asseoir à la table d'un ministre! quel rêve!
L'ambition, au fond, est la même chez l'enfant
et chez l'homme; aussi glorieuse et aussi
vaine; l'objet seul en change avec l'âge.

Nous attendions, dans l'étroite cour de la Sorbonne, que la commission de surveillance fût arrivée. Au moment où sept heures sonnaient, un professeur commençait l'appel nominal. A chaque fois qu'il criait un nom, celui qui le portait se détachait du groupe et passait dans la salle des compositions, sous le feu des regards, des rires et des quolibets de ses quatre-vingts camarades. L'entrée d'Étienne Moret fit sensation, et je me la rappelle encore comme si cela datait d'hier.

Je n'ai jamais vu de singe qui ressemblât plus à l'homme qu'il ne ressemblait lui-même à un singe. Il était de petite taille, mal tourné et le cou dans les épaules. La bouche s'avançait en forme de museau et se fendait, pour sourire, jusqu'aux deux oreilles. Les lèvres, en se retirant, laissaient voir deux rangées de clous de girofle d'une plantation irrégulière. La nature semblait avoir fait des économies sur son nez, qu'on apercevait à peine,

tant il était enfoncé et aplati entre les pom-
mettes saillantes des joues!

Mais elle avait pris sa revanche sur les
oreilles, et n'en avait pas ménagé l'étoffe.
C'étaient d'amples et larges oreilles qui ne
ressemblaient pas mal à de belles huîtres,
avec leurs rebords ouverts et plats. Il fallait
chercher ses yeux, perdus sous les plis
tombants des paupières; on eût dit qu'ils
avaient été percés avec une vrille. Au fond
de leurs deux petits trous gris brillaient
deux points lumineux d'une inconcevable
mobilité. Quelques poils ébouriffés les sur-
montaient en guise de sourcils, et les cheveux, coupés ras, se redressaient en brosse
sur sa tête.

Son visage se fronçait incessamment de
rides singulières; il se décomposait à tout
propos en grimaces qu'il était impossible de
voir sans songer à ces vilains magots qui
dansent en place publique sur les orgues de
Barbarie.

Les écoliers ne portaient pas encore la
tunique à cette époque. Il avait donc l'habit noir, son bel habit noir, son habit des
dimanches, s'il vous plaît. Car on se mettait en grande tenue pour ces jours de solen-
nités classiques. Non, vous ne pouvez ima-
giner rien de plus piteux, de plus lamentable que ce malheureux habit noir, tout
fripé, dont les basques trop longues pen-
daient mélancoliquement sur les mollets.
On ne retrouverait son pareil que sur le
dos des balayeurs de Londres, qui deman-
dent fièrement l'aumône en habit de bal
et en chapeau rond.

Nous ne nous piquions pas certes de beaucoup de soin dans notre mise; nous n'étions
pas de beaux fils, comme messieurs les
collégiens d'aujourd'hui, qui jouent au gandin et au petit crevé.

Mais ce pauvre garçon faisait tache sur la
négligence commune. Le reste de son costume s'en allait à l'avenant. Son pantalon,

veuf de bretelles, ne tenait plus que par des
ficelles rouges, dont les bouts passaient
dans l'intervalle laissé entre son gilet trop
court et le haut de sa culotte. Ses bas
retombaient sur des souliers tachés de larges
éclaboussures. Son chapeau, tout bossué,
brillait au soleil de reflets roux.

Il fallait, avant d'arriver dans la salle,
monter un perron de quelques marches. Il
s'y prit de façon si maladroite qu'il heurta
contre le premier degré et tomba tout de son
long, les mains en avant, le nez contre terre.
Les dictionnaires qu'il portait sur son dos
passèrent par-dessus sa tête et roulèrent
près de lui sans lui faire aucun mal; mais
il écrasa dans sa chute le pot de confitures
dont l'administration du lycée Henri IV pour-
voit généreusement ses champions. Nous
éclatâmes tous de rire; il se releva du plus
beau sang-froid du monde, regarda, en souriant, les ruisseaux de gelée de groseille
qui coulaient, comme le miel de l'âge d'or

sur son gilet et sur son habit, les ramassa,
sans maudire, du bout de son doigt, qu'il
essuya très-proprement sur ses lèvres, et
s'en alla s'asseoir à la place qui lui était
destinée, semblable aux dieux immortels,
qui voient d'un œil serein les vaines agitations des hommes et la chute des empires.

Le hasard fit que je fus placé à côté de lui.
Je lui offris la moitié de mon chocolat, il me
proposa en retour le reste de son gilet : je
le remerciai cordialement : nous étions amis.
Les confidences ne tardèrent pas à venir.
Heureux âge où les amitiés sont si rapides
et les cœurs si faciles aux épanchements!
Il me conta son histoire, car il avait une histoire, et cela m'étonna fort, moi qui avais
grandi entre les quatre murs du lycée et ne
savais en fait d'aventures que celles que
j'avais lues, en cachette, dans les romans.

Il n'avait jamais connu ni son père, ni
sa mère, qui étaient morts tous deux avant
qu'il eût appris à les aimer. Il savait seule-

ment que sa mère était d'origine et de religion juives. Mais il avait été chrétiennement baptisé, son père étant catholique. Un voisin l'avait recueilli par charité; c'était un de ces pauvres colporteurs qui s'en vont, de village en village, vendre aux habitants des campagnes les menus objets de mercerie dont les femmes ont sans cesse besoin, et qu'elles ne trouvent pas dans leur petit endroit. Il se chargea de l'éducation d'Étienne et la fit à coups de trique. Il lui mit sur le dos, dès l'âge de sept ans, une lourde boîte remplie de fil, d'aiguilles, d'images coloriées, de rubans et de jouets. Il s'était promis de lui apprendre son commerce et de lui laisser un jour sa clientèle. Mais l'enfant n'avait pas de goût au métier. Il se trompait à tout coup sur des sommes importantes; il revendait quinze centimes ce qui avait coûté trois sous; parfois même il donnait sa marchandise, quand il voyait des jeunes filles à qui elle faisait envie, et qui

n'avaient pas de quoi la payer. Sa boîte
n'était jamais en ordre; il lui arrivait de
l'oublier dans les fermes, et il s'en allait, les
mains dans ses poches, aspirant l'air frais
des bois, regardant les feuilles vertes, écoutant les chansons des oiseaux, rêvassant.
Il ne s'apercevait de sa distraction que le
soir, au moment de rendre ses comptes. Il
recevait alors sur les oreilles et partout :
« On ne fera jamais rien de ce petit drôle »,
criait le bonhomme furieux. Étienne s'excusait, sanglotait, et quand il avait été bien
roué de coups, il venait embrasser son père
adoptif, qui l'envoyait au lit, rudement.

Cette sage éducation ne dura guère. Le
colporteur se mit un jour au lit avec la fièvre
et fit venir un médecin, qui prescrivit la
diète. Il déclara que le médecin était un
âne bâté, mangea une forte soupe aux
choux et mourut d'indigestion peu d'heures
après. C'était un homme brutal mais l'unique
appui sur qui pût compter Étienne. Le pauvre

enfant restait donc seul au monde; il avait
dix ans. Il ramassa en pleurant son petit
bagage et sortit de l'auberge sans trop savoir
ce qu'il deviendrait. La joie d'être libre
eut bientôt séché ses yeux. Il possédait
quelques sous qu'il faisait sonner dans sa
poche: il avait dans sa boîte de mercerie
une fortune, qu'il croyait inépuisable. A
cet âge, on ne s'avise guère de songer au
lendemain; il se mit à courir le pays, s'ha-
billant et soupant de ce qu'on lui donnait
par pitié dans les fermes, couchant où l'ar-
rêtait le hasard de la nuit, dans une grange
ou dans une étable. Tout lit lui était bon.
Le lendemain, en s'éveillant, il se frottait
les yeux, et sa toilette était faite.

Cette vie de vagabondage ne lui déplaisait
pas; il en avait conservé un bon souvenir.
Il en contait gaiement les plus humbles
détails, sans en rougir ni s'en faire accroire.
C'est sur les grands chemins qu'il commença
lui-même ses études. Les images coloriées,

qui étaient un de ses articles de vente,
portaient écrits en grosses lettres les noms
des grands hommes ou des saints, qu'elles
étaient censées représenter. Il savait ces
noms par tradition, le vieux colporteur les lui
ayant dit cent fois. Il rapprocha patiemment
des sons qu'il avait dans l'oreille la forme
des caractères qui étaient sous ses yeux, et
réussit après bien des efforts à lire quelques
syllabes, de la même façon à peu près que
certains savants de l'Académie des inscriptions
et belles-lettres ont fini par déchiffrer les
inscriptions d'une langue qu'ils ignoraient.

Ce travail solitaire ne l'eût pourtant pas
mené bien loin ; mais lorsqu'en passant dans
un village il voyait la porte de l'école ouverte
il se tenait sur le seuil, dévorant des yeux
les signes que les écoliers traçaient sur le tableau noir, et saisissant au vol quelque in-
dication précieuse qu'il ajoutait à son petit
bagage de connaissances. Un jour il trouva
au coin d'une borne un alphabet à moitié

déchiré, qu'un enfant y avait jeté ou perdu.
Jamais joie ne fut plus vive. Il n'aurait pas
ramassé avec plus d'empressement une
bourse pleine d'or.

Il se mit avec ardeur à étudier ce manuel ;
il sut enfin lire couramment. Il s'exerçait
sur les affiches municipales et sur les extraits
du *Moniteur* qui s'étalent à la porte des mai-
ries. Son ambition secrète était d'avoir en
sa possession un de ces beaux livres dont
il voyait à la montre des libraires, derrière
les vitres, étinceler les couvertures de toutes
couleurs. Que de choses merveilleuses devaient tenir dans ces gros volumes, impri-
més si fin ! Comme on deviendrait savant à
les étudier d'un bout à l'autre, à les apprendre par cœur ! Il n'osait penser au
prix que pouvait coûter un si rare trésor !

Un jour qu'il gravissait, sa boîte au dos,
une montée assez roide, il entendit venir derrière lui une berline attelée de deux chevaux ;
il ralentit le pas et fut bientôt rejoint par

elle. Il y avait dans la voiture un grand vieillard très-sec, mais d'une physionomie bienveillante, qui paraissait profondément occupé à lire.

Il tourna la tête en passant à côté d'Étienne, le prit à son aspect déguenillé pour un petit mendiant, tira machinalement de sa poche une pièce de monnaie, la lui jeta sur la route et se renfonça dans sa lecture. Étienne eut quelque peine à retrouver la pièce, qui avait roulé dans la poussière; il fut bien surpris quand il l'eut ramassée. C'était un louis tout neuf, qui brillait au soleil. La berline était déjà loin; il se mit à courir de toutes ses forces, en agitant les bras et en criant d'arrêter.

— Monsieur, dit-il au vieillard, quand il fut près de la portière, vous vous êtes trompé sans doute. Vous m'avez jeté une pièce d'or.

Et il la lui tendait pour la lui rendre. Le vieillard le regarda avec une attention pleine de bienveillance.

— Et si je te la laissais, lui dit-il en souriant, voyons, qu'en ferais-tu?

— Ce que j'en ferais? Ce que j'en ferais? j'achèterais un beau livre, comme celui que vous avez là sur vos genoux.

— Tu sais donc lire?

— Mais oui, monsieur, sans doute.

— Et qui donc t'a appris à lire?

— Personne. J'ai appris tout seul.

Le vieillard fit un mouvement de surprise. Cet étrange petit mendiant commençait à l'intéresser. Il descendit de sa voiture et se mit à le questionner, tout en marchant. Étienne lui conta sa vie, comment il avait appris à lire tout seul et sans aide, le peu qu'il savait, et le violent désir qu'il éprouvait d'en savoir davantage. Son interlocuteur l'écoutait d'un air affable.

— Et tu voudrais bien devenir un homme instruit, lui dit-il.

— Oh! oui, monsieur, s'écria Étienne, dont les yeux brillaient de convoitise.

— Eh bien! viens me voir demain, nous arrangerons cela.

Et, lui frappant sur la joue d'un geste amical, il lui donna son adresse. C'était un riche propriétaire du pays, qui s'appelait Roussin. Il habitait une jolie maison de campagne, où il s'était retiré, et vivait seul, cultivant en paix son jardin, comme le philosophe Pangloss. Il était fort connu dans les environs et passait pour un original, car il faisait beaucoup de bien, sans intérêt aucun, et ne se souciait pas même qu'on le remerciât. Il faut croire qu'Étienne lui plut, car il se chargea de le faire élever. Il le mit dans un collége communal et paya sa pension deux ans de suite.

Au bout de ce temps, il fut atteint d'une maladie grave, partit précipitamment pour Nice, dont les médecins lui conseillaient le climat, et mourut un peu plus tôt qu'il n'eût fait chez lui. Ce fut un grand chagrin pour l'enfant, qui perdait son protecteur,

et un cruel embarras pour le principal du
collége, qui ne savait plus que faire du
protégé. Le digne homme ne voulait ni le
garder à sa charge ni le jeter dans la rue.
Il se tira de ce pas difficile par une bonne
action qui ne devait lui rien coûter. Il
connaissait à Paris un de ces chefs d'institution, qui recrutent volontiers dans les
colléges de province des élèves pauvres,
mais intelligents et laborieux, dont les succès au concours général soient une enseigne
pour leur établissement. Il lui adressa
Étienne, qui fut d'abord reçu avec quelque
défiance. Sa figure ne prévenait point en sa
faveur. Mais les prix qu'il remporta la première année, au lycée Henri IV, eurent bientôt rassuré la philanthropie du maître de pension. On le garda, sous condition qu'il paierait
en gloire le pain dont on le nourrissait.

« Tu vois, me dit-il en terminant, il faut
que je travaille pour ne pas faire faillite à
mon marchand de soupe. »

Je fus très-touché de ce récit, qu'il me
fit à bâtons rompus. Je plaignais de tout
mon cœur le pauvre garçon de n'avoir ni
père ni mère, ni personne au monde qui
s'intéressât à lui sérieusement. Je lui de-
mandai où il passait ses vacances.

« A la pension, me répondit-il. Où irais-je?
Quelques camarades m'ont bien invité à venir
chez eux; mais je n'ai pas d'autres habits que
ceux que tu me vois en ce moment. »

Je fis un geste, comme pour dire que ces
détails n'importaient guère.

« Au lycée, oui, sans doute, reprit-il, ré-
pondant à ma pensée, mes loques vont encore et ne sont pas d'un effet par trop cho-
quant. Je suis, à peu de chose près, comme
tout le monde; mais dans un salon, chez
des gens riches, c'est une autre affaire.
J'aurais l'air d'une tache d'huile sur une
nappe damassée; je m'y sentirais aussi
gêné que je serais gênant. Et puis, ajouta-
t-il, que veux-tu, je suis si laid! »

Il dit ces derniers mots en souriant, et comme par manière de raillerie, mais d'un ton si triste au fond que je vis bien qu'il y avait là une douleur secrète, et que j'en fus tout ému. Je le regardai plus attentivement que je n'avais fait encore. Sa laideur était incontestable et authentique, elle n'était pas repoussante. Il avait des yeux vifs et où passaient parfois des éclairs de vive intelligence, dont sa figure était comme illuminée. Il y avait dans le tour de sa bouche, presque toujours ouverte, je ne sais quoi de bon et de souriant; ce qui surnageait encore dans ce fouillis de traits compliqués et bizarres, c'était un grand air de candeur répandu sur toute la physionomie. On sentait qu'un brave garçon habitait cette enveloppe de singe.

« Bah! lui dis-je en forme de consolation, est-ce qu'un homme a besoin d'être beau? Ne sommes-nous pas le sexe laid? »

Il secoua la tête et se remit au travail sans rien répondre.

Depuis lors je le retrouvai tous les ans, à la même époque, dans la cour de la Sorbonne. Nous nous serrions la main avec amitié; nous avions plaisir à nous revoir; nous nous contions réciproquement notre année l'un à l'autre. Il était à la tête de sa classe au lycée Henri IV; mais, par un hasard qui nous semblait inexplicable à tous, il ne put jamais remporter un seul prix au concours général : c'est à peine s'il y était nommé pour quelque maigre accessit. Nous mettions ces échecs répétés sur le compte de son écriture, faute d'avoir une autre raison qui fût bonne. Il est véritable aussi que jamais on n'écrivit plus mal, ni surtout de façon plus malpropre. Quand nous le plaisantions sur ce malheur constant :

« C'est vrai, nous disait-il, je suis maladroit pour cela comme pour le reste; je trouverais moyen de me casser le nez en tombant sur le dos! »

Il se destinait, comme la plupart d'entre nous, à l'enseignement. C'était la mode, il y a une quinzaine d'années, parmi les jeunes gens qui occupaient au lycée les premières places, d'entrer à l'École normale et d'y passer leurs examens de licence et d'agrégation. Il faut dire que le plus grand nombre de ceux qu'on nommait *les forts* étaient de famille pauvre, et qu'ils regardaient le professorat comme un futur gagne-pain ; mais on en comptait aussi quelques-uns qui n'étaient pas sans fortune et qui auraient pu, comme tant d'autres, suivre les cours plus aristocratiques de droit et de médecine. Ils se présentaient à l'École normale, par camaraderie, sans autre vocation que l'exemple de ceux qui passaient devant.

Ils savaient qu'après tout ce ne seraient pas trois années perdues pour leur instruction. Il est bien difficile, à vingt ans, de faire une besogne sérieuse autre part qu'entre quatre murs. L'amour du travail est une plante délicate qui ne croît qu'à l'ombre.

La mauvaise chance qui avait poursuivi Étienne Moret durant le cours de ses études sembla ne point l'avoir abandonné dans ses compositions d'école. Il les manqua presque toutes, et ne fut admis qu'à grand'peine sur sa réputation. Le jour même où nous entrâmes, je le vis qui venait à moi les bras tendus; il était rayonnant; ses petits yeux brillaient de plaisir.

« Libre! me cria-t-il en me prenant les mains avec force; je suis donc enfin libre! Vive la liberté! »

La grille venait de se refermer sur nous; elle était pourvue de bons barreaux bien solides; je les lui montrai du doigt en souriant.

« Tu ne me comprends pas, reprit-il : j'ai trop vécu sur les grands chemins, et j'y ai trop mal vécu pour les regretter beau-

coup. Je veux dire que je ne dépends plus
de personne, de personne au monde, entends-
tu bien ? A partir de ce jour, je ne dois plus
qu'à moi-même le pain que je mange, l'habit que je porte et le lit où je couche.

« Je les tiens de l'État, qui me les fournit
contre un engagement de le servir tant
d'années. Donnant, donnant ; on n'a plus le
droit de me les reprocher. J'ai connu toute
ma vie l'amertume des bienfaits ; crois-moi,
il n'y en a pas de plus cruelle. »

Ce langage, qui ne pouvait être que celui
d'un mauvais cœur ou d'un cœur ulcéré,
me parut si extraordinaire, dans la bouche
d'Étienne, que je le regardai avec une surprise inquiète. Il démêla mes sentiments
secrets :

« Oh ! reprit-il avec beaucoup de vivacité,
il y a bienfaits et bienfaits. Je garde une
profonde, une éternelle reconnaissance à
M. Roussin. Quel que soit le caprice de bonté
auquel je dois ce qu'il a fait pour moi jadis,

quoique je ne l'aie vu que deux ou trois
fois en ma vie, je suis tout dévoué à sa
mémoire. S'il a un fils, et qu'il faille un
jour me faire tuer pour lui, je suis là et ce
ne sera pas long, je te le jure. Oui, je me
ferais tuer, et de grand cœur pour M. Roussin. Quant à cet affreux marchand de soupe
qui tranchait avec moi du bienfaiteur en
spéculant sur mon travail, qui me nourrissait, comme on nourrit un cheval de labour,
pour le profit qu'on en retire, si jamais celui-là a besoin de moi... »

Et il s'arrêta, hochant la tête d'un air de
menace.

— Eh bien, que feras-tu?

— Ce que je ferai? J'aurai de l'argent,
alors; car il faudra bien qu'enfin j'en gagne;
j'irai le trouver chez lui et je lui dirai:
Combien te faut-il pour te tirer d'affaire?
Tiens, voilà ma bourse. Prends, vieux drôle;
je ne veux rien avoir à toi.

Cette boutade nous divertit fort; elle fut

suivie de mille autres. Quelques-uns de nos
nouveaux camarades se mêlèrent à la conversation, qui fut très-gaie. Étienne avait
dans la plaisanterie un tour original qui
nous frappa. C'étaient des saillies imprévues,
qui lui partaient sans qu'il y prît garde,
comme part un fusil dans les mains d'un
maladroit. Il en était surpris tout le premier,
et il en riait si franchement qu'il était impossible de n'en pas rire à son exemple. On
dit : malin comme un singe. Le proverbe
avait tort avec lui : il n'y avait pas ombre
de malice dans cet esprit si naïf et si bon.
Il nous plut de prime abord, et nous le lui
témoignâmes avec la cordialité facile de cet
âge où le cœur se donne aussi aisément
que la main. Il répondit à nos avances avec
empressement, et nous le prîmes, à cette
première entrevue, pour un joyeux compagnon, un peu laid, mais spirituel, avec qui
il ferait bon causer et rire.

Aussi ne fûmes-nous pas médiocrement

étonnés de le voir, quelques jours après,
fuyant notre société, se promener tout seul
par la cour ou rester des heures entières,
étendu sur le sable, à suivre d'un œil mé-
lancolique les nuages qui fuyaient dans
l'espace, et ne sortir de sa rêverie que par
des accès de gaieté bizarres. Nous ne com-
prenions rien à ces caprices, dont la cause
nous échappait. Mais l'étude de cette nature
singulièrement complexe nous ménageait
bien d'autres surprises.

Je ne sais comment l'École est gouvernée
aujourd'hui; à l'époque où nous y passâmes,
le régime était fort libéral. Nous ne faisions
guère que ce qui nous plaisait, et j'avoue
qu'il nous plaisait souvent de ne rien faire.
Nous étions maîtres absolus de notre temps,
de nos études et de notre esprit. Il y avait
là, comme partout, un programme imposé
par les règlements; on en parlait quelquefois pour la forme; au fond personne ne
s'en souciait, nos professeurs non plus que

nous-mêmes. Ils avaient compris qu'à notre
âge, — les plus jeunes d'entre nous n'avaient
pas moins de vingt ans, — nous serions plus
gênés que soutenus par des lisières. Ils sur-
veillaient notre travail sans le contraindre,
et le plus souvent même sans le diriger.
Nous marchions seuls, la bride sur le cou,
et ils nous regardaient faire. C'étaient pour
nous des amis plutôt que des maîtres.

Cette extrême liberté pouvait avoir ses
inconvénients; je n'en ai vu que les avantages. Ils étaient réels; chacun choisissait à
son gré le genre d'études où il se sentait le
plus propre et suivait sans être contrarié la
pente de son esprit.

On travaillait avec plus d'ardeur et de
succès; on s'habituait à penser par soi-
même, à n'en croire que soi, à ne chercher
en toute chose que la vérité, sans aucun
souci des opinions reçues, et à la dire le plus
nettement possible, sans aucun déguisement
d'expression.

Je ne sais pas de lieu au monde où l'on
ait jamais eu un plus profond mépris des
préjugés et des phrases creuses.

L'indépendance qu'on laissait à nos études
avait encore accru le goût qui nous était
naturel pour le libre-penser et le style franc.

Quelques-uns d'entre nous se sont fait,
depuis lors, un nom dans les lettres. Le
public, qui les lit, peut voir qu'en philosophie et en politique, ils sont très-loin de pro-
fesser les mêmes opinions et de former une
secte.

Mais ils ont tous la même horreur du faux
et du vague; ils ont tous cette sincérité de
langage qui est comme la marque de l'École
normale.

Avec un système d'études qui laissait ainsi
aux aptitudes naturelles toute liberté de se
produire, il était fort difficile de se faire
longtemps illusion sur ce qu'on valait. Nous
ne tardâmes pas à nous connaître et à nous
juger les uns les autres. Étienne seul resta

une énigme pour nous. Ce garçon était un
chaos des contradictions les plus étranges.
Il avait de l'esprit, et on l'eût pris souvent
pour un stupide : on lui parlait, il ne trouvait pas un mot à répondre; il restait bouche
béante, ou riait niaisement, sans qu'on sût
pourquoi, sans qu'il le sût lui-même. Il était
intelligent; personne ne portait, sur un
point obscur, une lumière plus soudaine et
plus vive; mais ce n'était qu'un éclair qui
laissait, après avoir brillé un instant, les
ténèbres plus épaisses. Il embrouillait la
question la plus simple de si terrible façon
que personne n'y pouvait rien démêler, et
lui moins que tout autre. C'était un horrible
gâchis d'idées, où il pataugeait tranquille-
ment, avec l'innocence d'un jeune canard
qui barbote dans l'eau trouble. Quand il
était chargé de traiter pour la conférence
quelque point de philosophie ou d'histoire,
il commençait par lire tous les auteurs qui
en avaient déjà parlé. Les volumes crois-

saient en piles irrégulières autour de sa
chaise et sur son pupitre ; sa tête disparaissait derrière des montagnes d'in-folio ; on
le trouvait là, enfoncé, perdu, abîmé, dans
un prodigieux fouillis de papiers sales. Il
remuait incessamment des tas de notes, et
il y quêtait d'un air effaré des bouts de
phrases. Si nous lui demandions où il en
était de son travail, il se fourrait avec mys-
tère les doigts dans le nez ; on eût dit qu'il
méditait de renouveler le monde : nous attendions des merveilles qui ne venaient jamais.
Il lui fallait, un beau matin, jeter au feu
tout cet énorme fatras, d'où s'échappait
quelquefois une page étincelante de bon
sens et de verve. Cet incroyable mélange de
lumières et d'ombres nous dépitait comme
fait un rébus dont on ne peut trouver le
mot. Peut-être la nature n'avait-elle pas plus
achevé son esprit que son visage ; tous deux,
en effet, semblaient n'avoir été qu'ébauchés
par un artiste maladroit. L'un de nous, qui

était philosophe et plaisant, donna cette explication et la mit sous une forme assez originale : Le bon Dieu, nous dit-il, avait pétri un corps de singe. Il commença d'y verser, par distraction, la dose d'esprit qu'il destinait à l'enveloppe d'un grand homme. Il ne s'aperçut de son erreur qu'au milieu de l'opération, et s'arrêta net, mais trop tard ; il ne laissa plus échapper de ses mains qu'un grand homme incomplet et un singe manqué.

Nous retrouvions dans le caractère d'Étienne les contradictions qui nous étonnaient dans son esprit. Il était bon, serviable, affectueux même, il avait pour ceux de ses camarades dont le talent lui était sympathique une sorte d'admiration passionnée qu'il exprimait naïvement. On sentait chez lui un grand besoin de s'attacher, d'aimer ; et pourtant il n'avait point d'ami. Je ne sais guère qu'Étienne, à l'École, qui n'ait point su y former une de ces liaisons solides où l'on met, de part et d'autre, tout son cœur, et que rien ne peut briser, ni le temps, ni l'absence, ni les mille hasards de la vie. Il vivait renfermé, replié sur lui-même. Personne ne savait rien de ses affaires; il ne s'épanchait jamais.

Peut-être n'osait-il pas. Il me semble, en repassant aujourd'hui tous ces souvenirs, qu'il y avait chez lui beaucoup de timidité. Il se croyait, de bonne foi, un être inférieur et ne s'imaginait pas qu'il fût possible qu'on l'aimât. Quelques-uns voulurent forcer son intimité; il ne les accueillit point avec cette franchise cordiale qui engage à pousser plus avant. Il leur témoigna une sorte de reconnaissance humble qui les mit à la gêne. Il eut pour répondre à leurs avances le regard soumis et caressant du chien que son maître flatte. On eût dit, à voir sa contenance, qu'ils lui faisaient grâce en venant à lui. Il leur savait gré de leurs prévenances comme s'il s'en fût jugé indigne. Nous aurions dû tout faire pour nous insinuer dans cette âme, qui se fermait par une sorte de pudeur instinctive, l'ouvrir délicatement et peu à peu. Peut-être qu'en le rassurant contre la défiance qu'il avait de lui-même, à force de temps et de bonnes paroles, on fût venu à bout de l'apprivoiser à l'amitié. Sa destinée en eût été changée sans doute, et je ne conterais point son histoire. Mais nous n'entendions rien alors à ces subtilités de sentiment; nous étions tout d'une pièce, comme on l'est à vingt ans, au sortir du collége. Nous ne voyions de ces inexplicables contradictions que le côté plaisant et nous avions trop souvent le tort d'en rire.

Il en riait avec nous, sans affectation, bonnement, naïvement, comme s'il se fût agi d'un autre. Car il était bon compagnon, à travers toute sa mélancolie; et cette gaieté qui s'épanouissait à tout propos sur un fond de tristesse n'était pas un des traits les moins caractéristiques de cette organisation bizarre. Per-

sonne ne fut moins que lui d'allure et de ton
élégiaques. Les pleurnicheries sentimentales
de la poésie moderne ne lui plaisaient nulle-
ment ; il n'aimait parmi nos écrivains que
ceux qui ont jeté à pleines mains dans leurs
ouvrages le vieux sel gaulois. Rabelais, Marot
et La Fontaine ne quittaient pas son pupitre :
Voltaire était son Dieu. Il subissait en cela
l'influence de l'École, où l'on n'aimait que
le bon sens aiguisé d'esprit, où l'on se nourrissait du dix-huitième siècle. Nous entendions quelquefois au milieu du silence de
l'étude un éclat de rire qui partait comme
une fusée : c'était Étienne qui lisait. Il nous
apportait le passage d'un air radieux ; il
nous le faisait lire ; il se frottait les mains ;
son enthousiasme était expansif et bruyant.

De religion, il n'en avait d'autre que la
haine du faux, et l'horreur de ceux qui l'im-
posent comme article de foi, mais celle-là,
il l'avait passionnée, violente. Il croyait à la
raison humaine avec le même emportement

que d'autres croient en Dieu. Il n'avait
point sucé avec le lait d'une mère les préjugés catholiques; il ne les avait pas reçus
de l'éducation qu'il tenait du hasard ; son
âme ardente ne trouva où s'échapper que
dans le scepticisme et s'y porta de tout son
élan. Ce ne fut peut-être pas un bonheur
pour lui. Il y a des gens qui se sont bien
trouvés d'être des sots. Leur sottise même
leur a été utile pour arriver à une fortune
que tout l'esprit du monde ne leur eût pas
donnée. De même aussi il est de certaines
organisations tendres et souffrantes qui ont
besoin de se reposer dans une foi religieuse,
fût-elle absolument fausse. La raison qui
doute n'est bonne qu'aux esprits bien sains
et bien équilibrés : il faut aux malades un
oreiller plus commode. Étienne ne le trouva
point à l'École normale.

Les études y duraient trois ans. Vers le
milieu de sa troisième année, il fut pris d'un
accès de mélancolie qui nous sembla plus

profond que tous ceux qu'il avait traversés
jusqu'alors. Sa gaieté tomba tout d'un coup ;
il devint plus triste que la déesse Calypso
après le départ d'Ulysse. Les cours de récréation ne résonnaient plus de ses bons et
larges éclats de rire ; il passait la plus grande
partie des heures de travail, renversé sur
une chaise qu'il appuyait contre le mur,
les pieds sur son pupitre, les yeux au plafond, vaguement distrait et poussant des
soupirs. Son *Voltaire* dormait tout poudreux
auprès de lui; il ne répondait plus que par
de brefs monosyllabes ; il mangeait à peine ;
il eût maigri si la nature lui en eût fourni
les moyens. Il y avait là-dessous quelque
chagrin secret; cela n'était pas difficile à
voir : mais quel chagrin ? Ce ne pouvait
être assurément une perte de famille ou de
fortune; il n'avait ni fortune ni famille. Ce
n'était pas non plus la crainte des examens
d'agrégation, dont l'époque approchait, ni
des incertitudes de l'avenir. Nous savions

qu'Étienne n'était pas homme à se préoccuper de ces misères. Il sortait exactement tous
les jeudis et tous les dimanches pour donner
des leçons à un élève qu'il préparait à son
baccalauréat : ces leçons lui étaient payées,
et il n'avait jamais un sou. Il se plaignait
même parfois, en ses jours de confidences,
de manquer d'argent, lui qui jadis méprisait
de si bon cœur ce vil métal. Nous nous
perdions en conjectures. Un de nous pro-
nonça le mot d'amour. Il parla de grande
passion. On lui rit au nez. La chose paraissait si peu vraisemblable!

Elle était vraie pourtant; nous ne tardâmes pas à nous en convaincre. On vit
Étienne sortir deux dimanches de suite avec
un habit préalablement brossé et un faux
col propre, dans une tenue significative. Un
vieux gant tomba un jour de sa poche, et
il fut démontré jusqu'à l'évidence que personne ne l'y avait introduit par malice. On
découvrit dans le tiroir de sa table de toilette

un morceau de savon à la rose, savon extra-
fin, un peigne et autres engins de séduction. C'étaient là de terribles indices. Nous
trouvâmes une preuve plus décisive. Le hasard fit qu'en me promenant dans un des
vastes corridors de l'école, je ramassai un
morceau de papier, tout chiffonné, qui traî-
nait à terre. Il était couvert de lignes d'écriture parallèles, et d'inégale longueur, dont
les dernières syllabes rimaient ensemble.
C'étaient des vers. Nous les lûmes ; c'étaient
des vers d'amour. L'auteur y peignait son
martyre à une beauté qu'il ne nommait
point ; il disait qu'il n'espérait pas en être
jamais aimé, qu'il était fort triste d'en être
réduit là, mais que sa tristesse lui était chère,
et qu'il comptait bien un jour en mourir,
sans que sa mort coûtât une larme à personne, pas même à celle qui l'aurait causée
et n'en devait jamais rien savoir. La pièce
ne portait aucune signature ; mais elle était
d'Étienne. Nous reconnûmes ses pattes de

mouche' et ses pâtés d'encre. Il fut aussitôt résolu d'une commune voix que l'on traduirait le coupable devant la haute cour de justice, pour crime de poésie érotique.

La haute cour de justice était une de ces folles institutions qui servent dans toutes les prisons du monde à tromper les ennuis de la captivité. Nous avions imaginé d'établir un tribunal, de qui relèveraient tous les délits commis dans l'intérieur de l'École contre le goût et la langue. Un procureur général était chargé de soutenir l'accusation ; un jury composé de six membres décidait à la majorité des voix si l'accusé était coupable, et le président, aidé de deux assesseurs, prononçait sur l'application de la peine. C'était une amende dont le chiffre variait suivant la gravité de la faute ou la fortune du criminel. J'ai vu des calembours par à peu près condamnés à l'énorme somme de 75 centimes ; c'étaient les galères à perpétuité de notre code pénal. Jamais on n'alla

jusqu'au franc; c'eût été la peine de mort,
et nous l'avions abolie, pour donner le bon
exemple. L'accusé avait le droit de défendre
lui-même sa cause; mais le plus souvent on
lui nommait d'office un avocat, qui, sous
prétexte de lui tendre la perche, lui en dé-
chargeait de grands coups sur la tête. Les
jugements étaient rendus au nom de la République des lettres. Nous étions presque tous
républicains alors. Quelques-uns le sont res-
tés. Signification fut faite à Étienne, par
ministère d'huissier, de comparaître le jeudi
suivant devant la haute cour extraordinaire-
ment assemblée.

Au jour marqué par l'assignation, il fut
introduit, en grande cérémonie, dans la
salle des séances. Le président était grave-
ment assis dans un fauteuil de cuir vert,
devant une table couverte d'un vieux tapis
rouge. Il avait passé sa chemise de couleur
par dessus ses habits, il portait sur la tête
une toque de professeur. Les assesseurs

étaient en robe noire; ils avaient roulé autour de leur cou la chausse jaune à double rang d'hermine. Le ministère public se drapait dans de grands rideaux de serge, qu'il avait empruntés pour la circonstance aux fenêtres de l'établissement. Deux gendarmes veillaient sur l'accusé; ils étaient coiffés du tricorne, tenaient en main l'épée haute, et remuaient leurs pieds dans les bottes classiques de la gendarmerie. Ces épées, ces tricornes et ces bottes étaient des reliques de cette mémorable année de 48, où l'École normale avait été affublée du costume militaire. Tous les volets étaient à demi fermés, pour que l'aspect général fût plus imposant et plus sombre, et, il faut le dire aussi, par peur des surveillants, qui, goûtant peu ce genre de plaisanterie, auraient fort bien consigné du même coup tribunal, gendarmes et accusés.

Celui qui jouait le principal rôle dans ces farces bouffonnes, le criminel, s'y prêtait ordinairement de la meilleure grâce du monde. Nous remarquâmes avec surprise l'attitude chagrine d'Étienne. Quand le président lui demanda, selon la formule, s'il plaidait coupable ou non coupable, il s'avoua coupable d'un air si abattu et d'un ton si piteux qu'il eût attendri des tigres. Mais les tigres sont moins féroces que de grands enfants qui s'amusent. Le ministère public se leva, et, dégageant par un geste fort noble son bras droit des plis du rideau qui lui servait de toge, il débuta par un exorde *ex abrupto*, tiré de la personne de qui l'on parle. « Vous l'avez entendu, messieurs, s'écria-t-il, il reconnaît son crime, il a vu que toute dénégation était inutile. *Habemus confitentem reum.*

» Mais nous n'avions pas même besoin de cet aveu pour le confondre. Sa contenance seule parlait assez haut. Regardez-le, messieurs les jurés. Le voyez-vous accablé du poids de sa conscience, et trahissant par son attitude les remords dont il est intérieurement bourrelé? Il porte déjà écrite

sur son visage la condamnation que vous
allez lancer contre lui. Il faut que cette
condamnation soit terrible, et en proportion
avec la grandeur de la faute.

» Le nommé Étienne Moret a commis deux
crimes en un seul : il a fait des vers, et il
les a faits amoureux. Ce sont les deux points
de mon discours, comme dit l'aigle de
Meaux. »

Et là-dessus il entama son premier point;
ce fut une attaque à fond de train contre
la poésie, qu'il appela une niaiserie harmo-
nieuse.

Il faut dire qu'à l'École, la poésie n'était
pas fort en honneur. Je ne sais pas un de
nous qui ait débuté dans les lettres, comme
on faisait autrefois, par un volume de vers
ou par une tragédie.

La langue des vers est admirable pour
exprimer les idées générales et pour traduire
les sentiments des âmes ardentes ou profondément touchées. Mais elle n'a que ces

3.

deux notes, et c'étaient justement celles qui
nous plaisaient le moins. Du sentiment, il
ne fallait pas nous en parler; nous faisions
profession de le haïr. Un bon argument
poussé droit était bien mieux notre affaire.
Nous étions fous de logique. Quant aux
idées générales, nous les tenions toutes
pour suspectes. Il est certain qu'elles sont
presque toujours fausses par quelque endroit,
ou du moins elles ne sont pas exactement
prouvées, ce qui revient au même pour des
esprits amoureux de précision. C'est pour
cela même qu'elles s'accommodent si bien du
vague de la poésie. On ne peut jeter sur des
nuages qu'une robe flottante. Nous voulions
que la phrase collât toujours à l'idée, comme
un habit bien fait. Nos études nous avaient
pliés à n'aimer que ce qui est vrai et d'un
contour net. Nous préférions à une idée
générale, si brillante qu'elle pût être, le fait
particulier qui la prouve ou la détruit. Le
poëte qui chante la grandeur de Dieu ou

l'immortalité de l'âme ne nous semblait bon qu'à amuser un instant l'imagination et les oreilles. Nous voulions savoir ce qu'on entend par âme et Dieu, s'il y a des choses sous ces grands mots sonores, s'ils peuvent se décomposer en faits sensibles qu'on touche du doigt, sur qui l'on puisse s'appuyer et faire fond. Or, les faits ne se disent bien qu'en prose. La poésie est un chant, plus ou moins agréable, dont on berce les enfants et les femmes, pour leur fermer les yeux et endormir leur raison. La prose est la vraie langue de l'homme qui pense. Nous embrassions la sèche analyse d'une étreinte aussi passionnée que les jeunes gens de notre âge embrassent ordinairement leurs poétiques chimères.

Après avoir réduit en poudre la poésie et les poëtes, l'orateur passa à l'amour, et son style se détendit. Cicéron venait après Démosthènes. Il traça un tableau piquant des dangers où l'amour entraîne ; il passa en revue

tous les héros fameux qui, depuis Hercule,
se sont perdus aux pieds d'une femme, et
s'adressant à l'accusé lui-même, dans une
péroraison du genre pathétique :

« Malheureux jeune homme! vous avez
tout oublié, et l'agrégation qui vous presse,
et les exemples de vertu que vous avez sous
les yeux, en contemplant vos juges. Vous avez
lâchement abusé, pour séduire une infortunée
jeune fille, des avantages physiques que la
nature vous a si libéralement départis ; vous
y avez joint, sans rougir de honte, tous les
artifices de la toilette, tous les raffinements
de l'esprit. Avez-vous réussi au moins, et
l'honneur est-il sauf? — Vous le voyez, Messieurs, il ne répond pas.

» Il a compromis l'invincible renom de
l'École, qui a subi dans sa personne un échec
désastreux, un échec qui serait irréparable
si vous n'étiez pas là, messieurs les jurés.
J'ai toute confiance en votre valeur, comme
en votre justice. Vous vengerez l'École au

dehors ; mais il faut d'abord la venger ici même. Ne vous laissez pas toucher de compassion, comme ces juges à qui le cœur manqua lorsqu'il fallut condamner la belle Phryné.

» L'accusé ne se fera pas faute, lui aussi, de vous étaler ses charmes ; détournez les yeux : abandonnez un coupable à la loi. Et vous, Étienne Moret, puisse ce verdict vous servir de leçon ! Vous n'êtes point encore endurci dans le crime; renoncez à une passion folle qui ne peut que vous être funeste. Elle vous a déjà poussé à la poésie; peut-être un jour vous conduira-t-elle à l'échafaud ? Vous aspirez au glorieux titre de professeur ; ne vous montrez donc point, par avance, indigne de cette robe et de cette toque que vous avez l'ambition de remplir un jour.

» Comptez bien que si ma voix est perdue pour vous, vous finirez mal, soit que vous périssiez, ce qui est fort probable, de la main du bourreau, soit qu'enfin désho-noré, désespéré, vous en soyez réduit à ensevelir vous-même, au fond de la rivière, votre honte et celle de notre chère École normale. »

Cette lugubre facétie provoqua de grands éclats de rire. Nous ne nous doutions guère, hélas! que l'événement en ferait une prophétie. Pour Étienne, il riait aux larmes. Avec sa nature mobile et impressionnable, comme celle des enfants ou des nègres, il s'était laissé vite gagner à la gaieté de la scène, dont il faisait cependant tous les frais. Il avait oublié ses chagrins en écoutant le réquisitoire burlesque qui le tournait en ridicule; il était emporté par son admiration naïve pour l'esprit de celui qui en faisait à ses dépens; comme ces femmes qui ne haïssent pas d'être battues par leur mari, il était tout fier d'avoir un camarade qui frappât ainsi de main de maître. Le président lui donna la parole et il allait commencer, quand une porte s'ouvrit brusquement. Aussitôt juges, jurés et public se levèrent en sursaut, tous coururent en se

bousculant aux fenêtres et sautèrent par la
croisée, comme les moutons de Panurge. Il
ne resta dans la salle que le ministère public
embarrassé dans ses rideaux verts, et l'accusé
qui ne comprenait rien à ce remue-ménage. Ils
furent consignés l'un et l'autre et payèrent
pour tout le monde.

C'est ainsi qu'en temps de révolution la
fortune s'est plu quelquefois à réunir sur
la même charrette et à confondre dans un
même supplice les victimes et les juges.

Cette consigne parut contrarier plus vivement Étienne que ne le méritait une si petite
mésaventure. Je crus qu'il pensait à son élève
et regrettait sa leçon perdue; je m'offris à le
remplacer si l'on voulait bien consentir au
changement, et à lui rapporter son cachet.

Après tout, lui dis-je, plaie d'argent n'est
pas mortelle.

— Ah! si ce n'était que cela! s'écria-t-il
en haussant les épaules. Il rougit sur ce mot
qui lui était échappé.

Je le pressai de questions ; il refusa obstinément d'y répondre, mais il n'y gagna rien. Le hasard m'apprit bientôt ce grand secret dont il n'avait voulu faire confidence à personne.

M. Edmond About a déjà conté, dans un de ses romans, que nous avions organisé à l'École une sorte de bureau de bienfaisance. Chaque élève prélevait toutes les semaines une légère cotisation sur ses menus plaisirs; on ajoutait à cette collecte le produit assez considérable d'une loterie annuelle. Un comité nommé par le suffrage universel était chargé de réunir toutes ces sommes et d'en régler la distribution aux pauvres gens du quartier qui s'adressaient à nous. Nous allions nous assurer de leurs besoins par nos propres yeux ; nous en faisions notre rapport au comité, qui statuait après délibération ; et au premier jour de sortie, nous portions à ces malheureux quelques petits secours, et ce qui vaut mieux encore, de bonnes paroles. Le président de l'association vint à moi le dimanche matin :

« Il faudra, me dit-il, que tu fasses aujourd'hui une visite pour nous. Étienne avait demandé un secours pour une famille pauvre : le comité le lui a accordé, il est consigné ; tu le porteras à sa place. »

Et il me donna l'adresse. C'était rue Mouffetard. J'y allai. La maison était une de ces horribles masures, sans air ni jour, comme les grandes démolitions de M. Haussmann en ont tant fait disparaître dans les vieux quartiers de Paris. On montait par un escalier sombre et gluant ; on sentait à je ne sais quelle odeur fade que les murs suintaient la maladie. Ils étaient couverts d'une espèce de sueur verdâtre. Il fallait, pour ne pas se casser le cou, s'appuyer sur une grosse corde qui servait de rampe. La main, en y touchant, éprouvait cette sensation de froid visqueux que donne le contact d'une couleuvre. Chaque étage débouchait sur un palier, mi-

sérablement éclairé par un jour de souffrance.
De là, les yeux plongeaient dans un long
corridor, très-obscur, où donnaient, à droite
et à gauche, un grand nombre de portes.

Elles étaient presque toutes ouvertes ; il
s'en échappait des vapeurs de cuisine à l'ail
qui, se mêlant à d'autres émanations encore
plus fétides, vous saisissaient à la gorge et
vous suffoquaient. Quand je fus arrivé à ce
qui me semblait être le quatrième étage, je
tâchai de m'orienter dans ces ténèbres. J'allai à tâtons vers une grande tache de lumière
jaunâtre, qui m'indiquait qu'une porte s'ouvrait sur cet endroit du couloir. Je deman-
dai madame Dumont. Une vieille femme se
leva ; regarda très-attentivement la palme
bleue qui était brodée à mon habit :

« Vous êtes de l'École normale ? me dit-
elle ; la mère Dumont sera bien contente. Je
vais vous conduire chez elle. C'est le bon
Dieu qui vous amène ; elle est si malheureuse ! »

— Est-ce qu'elle est mère de famille? de-
mandai-je.

— Elle a eu huit enfants; heureusement
qu'il ne lui en reste plus que deux, sans
compter l'aînée, qui va aujourd'hui sur ses
quinze ans et qui gagne déjà quelque chose.
C'est une bien gentille enfant, vous la verrez.
Les deux autres sont tout petiots; mais vous
comprenez, on a beau n'être pas grand, il
faut tout de même qu'on mange. Tant que
le père a vécu, il y a toujours eu du pain à
la maison, c'était un brave homme et un
rude ouvrier. Il faisait quelquefois des jour-
nées de six francs. On est bien payé dans le
bâtiment, quand l'ouvrage donne. C'est une
bonne partie; la vôtre est meilleure, je ne
dis pas, mais il y en a de pires. Tout alla
bien jusqu'au jour où il tomba d'un écha-
faudage sur le pavé, vous devez savoir cela:
les journaux en ont parlé dans le temps. On
le releva à demi mort; il avait les deux jambes cassées.

On le transporta à l'hôpital, où il mourut
quelques jours après qu'on l'eut amputé.
Il vaut mieux pour lui qu'il soit mort, le
pauvre cher homme! Qu'est-ce qu'il serait
devenu avec deux jambes de bois? La femme
a eu tant de chagrin qu'elle en a pris une
grosse fièvre; elle est restée au lit durant
tout un grand mois. Les pauvres ne devraient
jamais être malades; ils n'en ont ni le temps
ni les moyens. Il a fallu engager ou vendre
pièce à pièce tout ce qu'il y avait dans la
maison, les meubles, le linge et jusqu'à la
couverture du lit, où elle grelotait la fièvre. Je m'étais chargée des petiots; Pauline,
c'est la fille aînée, veillait sa mère; elle a
passé vingt-deux nuits sans dormir, c'est
un ange, monsieur. Si celle-là n'est pas heureuse plus tard, c'est que le bon Dieu ne
s'occupe guère des petites gens comme nous.
Il paraît qu'il a des choses plus pressées. Les
curés disent qu'il faut le remercier de tout,
je n'ai pas trop à me plaindre de lui pour

mon compte. J'ai soixante-dix ans et ne suis
plus bonne à rien ; mais mon petit revenu
me suffit ; le boulanger n'attend pas après
mon argent et je donne encore la moitié de
ma soupe à de plus pauvres que moi. Je puis
bien dire que sans la vieille mère Gaillon,
c'est mon nom, sauf votre respect, vous n'auriez plus trouvé personne chez la Dumont ;
ils auraient depuis longtemps pris leur billet
pour le cimetière. La mère est trop faible
pour faire jamais grand'chose. Elle a du
courage pourtant ; mais sa maladie l'a tuée.
Sa fille vient de terminer son apprentissage ;
elle est repasseuse. Il faut que toute la famille
vive sur le peu qu'elle gagne. C'est une
bonne œuvre que de venir à leur secours.

Tout en parlant ainsi avec une extrême
volubilité, la vieille femme me conduisait
d'un pas encore assez alerte pour une personne de son âge. Nous traversâmes ensemble le corridor dans toute sa longueur.

Il y avait au bout un escalier tournant de

quelques marches; mon guide m'avertit de
les monter avec précaution, car elles étaient
disjointes et glissantes. Elle les gravit en
même temps et poussa la porte, qui s'ouvrit
d'elle-même.

« Hé! mère Dumont, cria-t-elle, un monsieur de l'École normale! »

Et elle entra derrière moi. La chambre
était nue, mais propre. Un lit, une table et
quelques chaises en composaient tout l'a-
meublement. Dans un coin, par terre, deux
petits enfants jouaient sur un espèce de ma-
telas. La fenêtre donnait sur une cour profonde, étroite et sombre comme un puits.
Quelques pieds de volubilis, qui grimpaient
le long des barreaux, l'égayaient tristement
de leur verdure chétive. A la voix qui l'appelait, madame Dumont se leva du lit où
elle reposait tout habillée, et vint à moi
avec empressement.

« Est-ce que M. Étienne est malade? » me
dit-elle aussitôt.

Je fus un peu surpris. ous n'étions pas
si familiers d'ordinaire chez les gens à qui
nous allions faire l'aumône. Mais je le fus bien
davantage quand elle se mit à me remercier,
avec beaucoup de chaleur, de tous les bienfaits
dont elle disait que l'École normale l'avait
déjà comblée par les mains d'Étienne. Elle
me montra une bonne et chaude couverture
de laine qu'elle avait reçue de lui en notre
nom, et m'assura que nous avions habillé
ses deux enfants des pieds à la tête. Ce récit m'étonna singulièrement. L'École, en
général, était fort restreinte dans les secours
qu'elle accordait à ses protégés. Outre que
ses ressources étaient modiques, elle épar-
pillait ses dons sur trop de monde à la fois
pour qu'elle pût donner beaucoup à chacun.
C'était évidemment un mauvais système. Il
eût infiniment mieux valu ramasser sur
une ou deux têtes l'argent dont nous dis-
posions, et rendre notre bienfaisance plus
féconde en la canalisant. La proposition

en avait été souvent faite et toujours re-
poussée. On avait craint qu'en adoptant ce
principe de l'aumône collective, on ne désap-
prît la charité personnelle et agissante, la charité qui vaut surtout par le cœur que l'on y
porte, moins utile peut-être à ceux qui la
reçoivent, mais plus consolante et plus
douce. Nos prétendus bienfaits se réduisaient
donc le plus souvent à quelques bons de
pain, de viande ou de bois, distribués de
loin en loin et chichement mesurés. C'était
de son propre argent qu'Étienne, si pauvre
lui-même, soutenait cette pauvre famille,
dont il n'acceptait la reconnaissance que pour
nous la renvoyer. Et nous, pendant ce temps
là, nous le tournions en ridicule; nous comp-
tions, en raillant, les sommes qu'avaient
dû lui rapporter ses leçons particulières; nous
le plaisantions sur les vices secrets où il devait jeter en cachette tant d'argent! Les larmes me vinrent aux yeux : madame Dumont
se méprit sur la cause de mon émotion :

—Vous aussi, me dit-elle, vous êtes bon ;
soyez sûr que nous prions bien le bon Dieu,
soir et matin, pour vous tous, ma fille et moi.

— Mademoiselle Pauline? repris-je machinalement.

Ce nom m'était, je ne sais pourquoi, resté
dans l'oreille.

Dans le même instant, nous entendîmes,
au fond du corridor, une voix fraîche et
gaie, une voix d'oiseau, qui chantait à plein
gosier l'air de *Jenny l'ouvrière*.

— C'est elle, dit la mère Gaillon, c'est
notre petit rossignol.

La porte s'ouvrit, et je vis entrer une
jeune fille qui, de ses deux mains, portait
une lourde tourtière d'où s'exhalait un vigoureux parfum de pommes de terre cuites
au four. Elle s'arrêta, tout interdite en m'a-
percevant, et rougit. Sa mère lui dit qui
j'étais ; elle salua avec un gentil sourire, et
se mit en devoir de dresser la table pour
le dîner.

4

C'était moins une jeune fille, à vrai dire,
qu'une enfant. Quoiqu'elle eût près de quinze
ans, elle ne paraissait guère en avoir que
treize, tant elle était petite, mince et d'apparence chétive. On ne pouvait pas dire
qu'elle fût jolie; il était aisé de voir qu'elle
le serait un jour. Sous son front étroit et
bombé éclataient deux yeux d'un noir profond, de ces yeux dont le peuple dit qu'ils
sont la perdition de l'âme. Elle possédait
un de ces petits nez retroussés et babillards
qui pétillent de malice.

Ses lèvres, un peu grosses, semblaient
faites pour le sourire, et l'éclatante blan-
cheur de ses dents éclairait sa physionomie.
Il y avait dans tout l'ensemble de sa figure,
et jusque dans la coupe de son menton,
quelque chose de mutin et de décidé. Pâle
avec tout cela, et maigre; c'était sans doute
la faute de l'âge et de la misère. Les couleurs de la santé ne demandaient qu'à fleu-
rir sur cet aimable visage; il brillait, comme

une gaie pâquerette, à travers d'abondantes boucles de cheveux noirs qui lui tombaient de toutes parts sur les épaules, et frisaient naturellement. Elle les secouait d'un mouvement de tête pour les écarter de ses yeux, ou les rejetait en arrière par un geste coquet de la main. Elle était fort proprement vêtue d'une robe de cotonnade à carreaux bleus, qui lui montait jusqu'au cou; mais elle n'avait point l'air gauche sous ce costume, qui était aussi élégant que simple. Elle s'en allait par la chambre, glissant et voltigeant, plus légère que si elle avait eu des ailes.

C'est un bien joli meuble dans un appartement qu'une jolie fille. Cette chambre si pauvre et si nue tout à l'heure avait changé d'aspect; elle s'était comme illuminée du sourire et de la joie de cette gracieuse enfant. Madame Dumont la regardait avec complaisance, tout en causant avec moi.

Je les vis bientôt qui échangeaient toutes deux à la dérobée des regards d'intelligence,

La mère semblait s'opposer à une demande qu'elle ne trouvait pas à propos; la jeune fille insistait et frappait du pied avec une petite moue mutine. Elle fit enfin le geste d'une personne qui prend son parti, et se tournant vers moi :

—Monsieur, me dit-elle, M. Étienne nous a déjà fait l'honneur de partager deux ou trois fois notre dîner; c'est aujourd'hui dimanche, nous avons des pommes de terre. Si vous vouliez bien en manger votre part, nous serions très-heureuses, ma mère et moi.

— Ne faites pas attention, Monsieur, disait la mère toute confuse; c'est une petite folle, elle est maîtresse à la maison, elle en abuse, et ne sait ni ce qu'elle dit ni ce qu'elle fait.

L'invitation me parut originale, et je l'acceptai; mais à condition que j'aurais le droit de payer mon écot, et que la mère Gaillon serait de la partie.

La bonne femme ne se le fit pas dire deux
fois ; ses vieilles jambes sautaient d'aise.
Elle descendit quatre à quatre les escaliers
et remonta chargée de provisions. Je ne me
rappelle pas avoir fait un meilleur dîner,
ni plus gai. Les pommes de terre étaient exquises ; le petit vin à quinze délicieux, et
ma voisine charmante. Nous n'avions qu'une
tasse pour deux ; et *honni soit qui mal y
pense !* Les enfants, qui m'avaient d'abord
regardé d'un air farouche, et le coude en
avant, me grimpèrent sur les genoux au
dessert. Ils me barbouillèrent de leurs ca-
resses, et je les trouvai les plus ravissants
bébés du monde. Un poëte persan a dit en
ses vers qu'il y a trois dons de Dieu qui
charment le cœur de l'homme : la lumière
d'un beau soleil, le parfum d'un vieux vin
et le sourire d'une jeune fille. Je m'en tiens
au dernier, qui fait oublier les deux autres.

On parla beaucoup d'Étienne, on but à sa
santé. Je ne doutais pas que sa beauté mys-

4

térieuse, son Elvire, ne fût l'aimable enfant
que j'avais à côté de moi. Mais j'étais bien
aise de savoir s'il était aussi aimé qu'a-
moureux. Je poussai aux confidences. La
jeune fille, mise en pointe de gaieté par la
causerie et peut-être aussi par un doigt de
vin pur, se laissa aller à la vivacité d'esprit
qui semblait lui être naturelle. Il lui échappa deux ou trois plaisanteries, plus mali-
cieuses que cruelles, sur la tournure de mon
pauvre camarade.

« Pauline! » dit la mère avec reproche.

Pauline s'excusa; elle savait combien
M. Étienne était bon; elle lui était profondément reconnaissante et toute dévouée;
mais ce n'était pas sa faute si la nature l'a-
vait si singulièrement bâti, et il n'y avait
pas grand mal à s'en amuser un peu.

Diantre! pensai-je en moi-même, il ne me
paraît pas que les affaires de mon ami
Étienne soient en si bon train!

Au départ, on me chargea de mille choses

aimables pour lui ; on eût dit qu'il était
de la famille. La mère Gaillon, dont le nez
avait légèrement rougi au dessert, voulut
m'embrasser à son intention ; c'était trop
de politesse. Je ne m'y prêtai qu'avec discrétion. Je revins à l'École tout occupé de
de cette aventure.

Le lendemain, Étienne m'aborda d'un
air très-inquiet ; il était instruit de la commission dont on m'avait chargé à sa place,
et tremblait que je n'eusse surpris le mys-
tère de son amour. Il fut au désespoir quand
je lui eus tout conté. Il me fit jurer que je
ne retournerais jamais rue Mouffetard, et
que je ne mettrais aucun de nos camarades
dans sa confidence. Je lui promis tout ce
qu'il voulut et ne tins qu'à moitié parole.

Le secret de cette passion si cachée
s'ébruita dans un fort petit cercle d'intimes
et y resta renfermé. Personne d'ailleurs ne
lui en souffla mot ; on respecta la pudeur de
sa discrétion. Nous étions fort malins à

l'École, mais point méchants. Il est bien.
fâcheux que le pauvre garçon n'ait pas
trouvé plus tard, dans le monde où il fut
jeté, les mêmes ménagements et les mêmes
délicatesses.

Étienne vécut plus retiré qu'il n'avait
encore fait ; toujours le nez dans les livres,
mais travaillant peu. Les pressantes nécessités et le tumulte des derniers jours purent
à peine le secouer de sa torpeur. Il y avait
deux mois qu'il nous devait une leçon; on ne
pouvait la lui arracher. Nous avions l'habitude,
en troisième année, pour préparer plus vite
nos examens d'agrégation, de nous partager
la besogne. Chacun de nous choisissait
parmi les sujets proposés dans le programme
celui qui allait le mieux au tour de son
esprit, l'étudiait profondément, et rendait
compte de ses recherches à la classe assemblée. Quelquefois il prenait un point particulier de la question, et le traitait en forme
de discours, pour s'exercer au maniement de

la parole. On lui donnait un contradicteur
qui devait improviser la réplique, et c'était
alors une joute oratoire qui rappelait les
argumentations de la vieille Sorbonne.

Il avait pour sa part à nous analyser les
épîtres de Sénèque à Lucilius. Parmi ces
lettres, il y en a une qui est célèbre, où le
philosophe romain parle du suicide. C'était
là le sujet qu'avait choisi notre camarade
pour cette fameuse leçon qu'il nous faisait si
longtemps attendre. Il s'y mit enfin, épe-
ronné par nos instances et par nos moque-
ries, mais avec cette ardeur brouillonne
qu'il portait dans tous ses travaux. Nous
vîmes ouverts à la fois sur son bureau et
chargés de cornes : Platon, Tacite, Jean-
Jacques Rousseau et jusqu'à de gros volumes de théologie scolastique. Il ne savait
point l'art d'isoler une question et de la présenter dans son ensemble. Comme il est
vrai qu'en philosophie toutes se comman-
dent et se touchent, il allait de l'une à

l'autre à tâtons, sans pouvoir s'arrêter nulle part. Un jour, il vint à nous, l'air échauffé, l'œil hagard, et me prenant par le bouton de mon habit :

— Crois-tu que nous ayons une âme? me dit-il à brûle-pourpoint.

— Et à propos de quoi cette demande?

— Comment résoudre la question du suicide sans savoir si nous avons une âme, et ce qu'elle est ! En sais-tu là-dessus plus que moi?

J'aurais pu lui répondre : « Il n'est peut-être pas prouvé, par raison démonstrative, que nous ayons une âme; mais je suis sûr que tu as une belle âme. Tu aimes naturellement le bien, et tu le fais sans ostentation ; tu serais très-capable de te dévouer pour tes amis ou pour une idée; tu préférerais cent fois la mort à un acte qui serait, je ne dis pas malhonnête, mais seulement indélicat ; tu as pour les œuvres de génie des mouvements d'enthousiasme sincères ; tu adores une

belle fille et tu souffres ; appelle du nom que
tu voudras le principe qui te fait admirer,
aimer et souffrir ; ce principe existe et tu le
prouves au moment même que tu en doutes. »
Mais nous craignions la phrase jusqu'à en
fuir avec horreur même l'apparence. Je lui
répondis simplement que je n'étais pas plus
instruit que lui, que personne n'en savait
davantage et que cette ignorance n'avait
jamais empêché le monde de tourner.

Le jour vint enfin où il déclara qu'il était
prêt. Nous l'écoutâmes avec une grande curiosité. Il ressassa les lieux communs qu'il
avait trouvés partout, s'en prit à l'un puis à
l'autre, dit oui et non dans la même phrase
battit la campagne et ne conclut point. Ce
fut une leçon manquée. Un plaisant prétendit qu'il se tuerait de désespoir, s'il avait
aussi mal parlé du suicide. Celui qui devait
lui répondre était le plus déterminé philosophe d'une école où tout le monde se piquait
de philosopher.

Il portait dans ses recherches cette ardeur impétueuse d'un âge où l'on commence à penser par soi-même pour la première fois. Qui de nous ne l'a sentie aux environs de vingt ans, cette jouissance délicieuse? On touche à tout en même temps et l'on ne doute de rien; on n'est point encore inquiété par la réflexion ni attristé par l'expérience; on croit à sa force; on a des ailes, et l'on s'élance de tout son cœur à la conquête de ce que l'on imagine être la vérité ; c'est un ravissement.

Il reprit en entier la question que n'avait point traitée Étienne, et conclut hardiment en faveur du suicide. Je ferai grâce au lecteur de la première partie de son argumentation; elle était présentée avec cette sécheresse dogmatique et pédante qui ne nous déplaisait pas alors. L'orateur y montrait que la destinée de tout être créé, sa fin, comme on dit en philosophie, est de produire tous les faits où le poussent les ten-

dances qui sont en lui. La plante tend à
végéter; la végétation est sa destinée, et son
bien est de l'accomplir. Le chien aspire à se
mouvoir ; le mouvement est donc une partie
de sa destinée; tout ce qui l'empêche de
l'accomplir est un mal pour lui. Pour connaître la destinée d'un être, quel qu'il soit,
il suffit donc d'analyser tous les faits qu'il
produit, et de voir les tendances qu'ils sup-
posent. Tous les êtres, et l'homme aussi bien
que les autres, ne sont que des groupes de
faits associés, que leurs tendances empor-
tent fatalement vers un certain but.

C'est de là que partit notre philosophe
pour arriver au suicide. Il nous exposa que
la nature, dans l'effort incessant qu'elle
fait pour créer, c'est-à-dire pour organiser
de toutes parts des groupes de faits, qui
demeurent un certain temps associés, ne se
préoccupe point d'écarter d'eux les forces
contraires par lesquelles ils peuvent être
désagrégés et détruits. Elle jette à pro-

fusion les germes et les êtres, sans se
soucier que les tendances qu'elle met en
eux trouvent des conditions favorables où
se développer. Elle crée un individu, elle
lui impose une destinée à accomplir, en lui
donnant des tendances à satisfaire, et l'être
accomplit sa destinée comme il peut et s'il
peut. Regardons autour de nous : que de
millions d'êtres qui tombent, par le hasard
de leur naissance, dans des milieux où leurs
tendances sont contrariées par des forces
plus puissantes, et qui meurent avant d'a-
voir accompli leur destinée!

Il n'en est pas autrement de l'homme.
Les tendances de sa nature sont innombra-
bles et ses aspirations infinies; le souverain
bien pour lui serait de leur donner satisfaction et d'accomplir ainsi sa destinée. Mais il
a moins de puissance qu'il n'a de désirs; la
supériorité des forces voisines, l'infinité de
l'univers, l'imperfection de la société où il
vit, le condamnent à des misères sans cesse

renaissantes et à des contentements médio-
cres ; il n'est pas heureux le plus souvent,
et ses chances de malheurs sont d'autant
plus nombreuses et plus grandes qu'il y a
un plus violent désaccord entre les aspirations de sa nature et le pouvoir qu'il a de
les satisfaire.

Il est des individus qui ont été si mal
organisés par la nature, ou chez qui une
aveugle éducation a si prodigieusement dé-
veloppé certains désirs en laissant inertes les
forces dont ils avaient besoin pour les contenter, qu'ils semblent condamnés à un malheur éternel. Le rapport entre ce qu'ils prétendent et ce qu'ils peuvent est brisé pour
toujours ; ils souffrent de leurs aspirations
et de leur impuissance, sans voir ni d'un ni
d'autre côté aucun terme à leur misère.
L'exemple le plus sensible, s'il n'est le plus
raffiné, celui qui crève les yeux de tout le
monde, c'est le pauvre diable que la faim
tourmente, et à qui ses forces débiles et la

mauvaise organisation de la société dont il est membre enlèvent tout moyen et tout espoir de gagner sa vie.

Mais il y a des faims de toutes sortes: l'un a faim d'amour, et il est bâti de manière à n'inspirer que de la répulsion; l'autre a faim de renommée, et il ne trouve en lui que des instruments fragiles qui lui blessent la main comme un roseau fêlé, quand il s'y appuie; cette femme a faim de ce qu'elle croit être l'honneur et la vertu, et elle n'a pour armes, contre ses ravisseurs, que des cris impuissants; Caton avait faim de liberté et de république; que pouvait-il après Pharsale, après Thapsus, seul au milieu de l'univers à genoux, contre César victorieux? lire le *Phédon* et s'affranchir d'un même coup de poignard et de ses aspirations et de son impuissance.

Ici l'orateur, emporté par la grandeur des souvenirs où l'avait jeté le courant du sujet, s'éloigna peu à peu, sans y songer, de ce style spinosique où il se complaisait, et entra à pleines voiles dans l'éloquence. On n'est point parfait.

Il peignit en traits de feu ce douloureux moment où tant d'honnêtes gens et de grands cœurs, si longtemps maîtres de l'univers qu'ils gouvernaient à leur gré, se virent, par un coup de foudre, réduits à l'humiliation de ne plus rien faire et au chagrin de ne plus rien être. Il étala devant nos yeux leurs aspirations naturelles, accrues encore par l'éducation première et par de longues traditions de famille, par le désespoir même de leur impuissance à les satisfaire, et il montra dans toute son horreur l'indomptable force de tyrannie contre laquelle elles venaient incessamment se briser.

Que leur restait-il à faire? souffrir et attendre? A quoi bon? Ils étaient profondément convaincus qu'entre les désirs de leurs cœurs et le pouvoir qui leur était laissé l'accord ne devait jamais se rétablir, que leur infortune était sans remède, comme elle était sans profit pour personne, ils n'hésitèrent point, ils désagrégèrent de leurs propres mains ces groupes de faits qui ne restaient associés que pour leur tourment, et rendirent au néant, ou pour mieux dire au grand tout, les éléments dont ils étaient composés.

Il termina en nous lisant quelques passages de l'admirable lettre où Jean-Jacques Rousseau ramasse et présente avec tant de force toutes les raisons qui peuvent autoriser le suicide. Le point de vue où ils se plaçaient l'un et l'autre était loin d'être le même, car Jean-Jacques examine la question en spiritualiste convaincu que notre âme est immortelle, et qu'elle doit des comptes au Dieu qui l'a créée. Mais les conclusions étaient les mêmes; le grand écrivain les animait de son éloquence, et il y eut dans tout l'auditoire un tressaillement d'admiration, quand on en vint à ces lignes où l'amant de Julie finit par conseiller le suicide, après l'avoir justifié :

« J'avoue qu'il est des devoirs envers au-

trui qui ne permettent pas à tout homme de
disposer de lui-même ; mais, en revanche,
combien en est-il qui l'ordonnent ? Que des
relations civiles ou domestiques forcent un
honnête homme infortuné à supporter le
malheur de vivre, pour éviter le malheur plus
grand d'être injuste, est-il permis, pour cela,
dans des cas tout différents, de conserver aux
dépens d'une foule de misérables une vie qui
n'est utile qu'à celui qui n'ose mourir ? —
Tue-moi, mon enfant, dit le sauvage décré-
pit à son fils, qui le porte et fléchit sous le
poids. Les ennemis sont là, va combattre
avec tes frères, va sauver tes enfants et n'ex-
pose pas ton père à tomber vif entre les
mains de ceux dont il mangea les parents.
— Quand la faim, les maux, la misère, ennemis domestiques pires que les sauvages,
permettraient à un malheureux estropié de
consommer dans son lit le pain d'une famille
qui peut à peine en gagner pour elle, celui
qui ne tient à rien, celui que le ciel réduit

à vivre seul sur la terre, celui dont la malheureuse existence ne peut produire aucun bien, pourquoi n'aurait-il pas au moins le droit de quitter un séjour où ses plaintes sont importunes et ses maux sans utilité. »

Étienne sembla plus frappé qu'aucun de nous de cette conclusion. Il en resta comme accablé. Nous crûmes que le chagrin de sa défaite lui donnait cet air abattu; nous le jugions bien mal. Cette âme naïve et tendre ne connaissait pas les ennuis de l'amour-propre blessé et souffrant. Il était secrètement travaillé d'une autre idée, qu'il me communiqua à la récréation qui suivit : car il avait ses moments d'expansion.

— Vois-tu, dit-il, c'est lui qui a raison; je l'ai bien compris, en m'interrogeant moi-même. Je sens en moi des tendances qu'y a mises maladroitement la nature, et que l'éducation a cultivées plus maladroitement encore. Elles ne me serviront jamais qu'à me rendre très-misérable. Je n'ai rien de ce qu'il faut pour les satisfaire, et je ne suis point organisé pour vivre dans le milieu où le hasard m'a poussé.

— Eh! mon Dieu! lui dis-je en riant, songerais-tu déjà à désorganiser le groupe de faits dont l'association te constitue?

— Non pas, me répondit-il; ici, cela va encore. Je ne suis pas trop malheureux; vous êtes tous mes camarades, vous êtes presque tous bons pour moi. Je ne suis entouré que de forces amies, contre lesquelles je n'ai point à lutter Mais je tremble à l'idée de me voir jeté, seul et fait comme je suis, au milieu d'un monde où je ne trouverai que froissements, que luttes et combats à soutenir. Qui sait s'il n'eût pas mieux valu pour moi rester ce petit colporteur qui courait les fermes, une boîte sur le dos! Je n'aurais rien su, rien désiré; il n'aurait fallu, pour contenter mes aspirations, qui eussent été aussi bornées que mes connaissances, qu'un morceau de pain

5.

pour dîner et un coin le soir pour dormir.
Je me serais un jour endormi du sommeil
éternel, sans angoisse ni regret, comme
l'animal, qui sent sa fin venir, se cache
en un fourré et y meurt paisiblement.

Il a été heureux, lui, il a joui de tous
les bonheurs que comportait sa nature, et
possédé tout ce qu'il souhaitait, bon souper
bon gîte et le reste. Peut-être aurais-je encore
assez de force pour gagner, à la sueur de
mon front, ce gîte et ce souper; mais le
reste, qui me le donnera? et ce reste, pour
l'homme que l'éducation m'a fait, c'est le
bonheur, c'est la vie.

Il parla ainsi longtemps d'un ton fort
pénétré, s'échauffant à sa propre parole.
Un accident puéril mit le comble à son
chagrin.

Il y avait à l'école, en dehors du petit
cercle où s'enfermaient nos amitiés, un garçon avec qui nous n'avions que les plus
strictes relations de camaraderie. Il ne nous

plaisait point; il avait de tous les défauts
celui qui nous était le plus odieux et nous
semblait le moins pardonnable à un futur
professeur. Il affectait d'être un de ces jolis
jeunes gens, un de ces beaux fils qui ont
reçu tour à tour tant de noms : *mirliflors,
incroyables, gandins, petits-crevés,* et qui ne
seront jamais, quel que soit le nom dont on
les désigne, que des sots prétentieux. La race
en est innombrable; elle se fourre partout;
on en trouverait jusqu'à l'école primaire.

Le nôtre se nommait Charles Lorisseau,
du chef de son père, et Lorisseau de Béthancourt de son propre chef. Béthancourt était
le nom du fortuné village qui avait eu l'honneur de lui donner le jour. C'est là, nous
disait-il, qu'était situé le château de ses
pères. Il avait la politesse de parler de son
père au pluriel. Nous sûmes qu'en effet son
bonhomme de père habitait un château; il y
était régisseur; sa mère, femme de charge.
Le métier n'était pas déshonorant; il n'y

avait pourtant pas là de quoi porter le nez
si haut et nous regarder en pitié. Il passait
tout son temps, durant les études, à con-
templer, dans un petit miroir de poche, son
visage, qui était correct et fade, à se lisser
les cheveux, à s'épiler les poils follets qui
dérangeaient l'économie de sa barbe, et à se
faire les ongles. Il jouait sans cesse avec
une chaîne en or, dont personne n'avait jamais vu la montre. Il avait au petit doigt
un gros brillant, qu'il laissait voir d'un air de
négligence.

C'était un cadeau, disait-il. Mais de qui?
il ne l'avouait pas; il souriait mystérieuse-
ment. Nous portions tous à l'école les vêtements que nous fournissait l'administration;
ce n'est pas Alfred ni Renard qu'elle avait
choisis pour notre tailleur ordinaire; notre
tournure le disait assez, et nous nous en
consolions en n'y songeant guère. Lorisseau
s'était fait tailler des habits à la mode, qui
étaient soigneusement déposés en ville, chez

un de ses camarades, étudiant en droit ; à
peine était-il sorti de l'école qu'il allait se changer. Il rejetait avec mépris notre pauvre
habit noir et cette fameuse palme bleue,
qui nous était commune avec les conducteurs
d'omnibus et les garçons de bureau. Il s'ha-
billait de neuf, se gantait de frais, et s'en
allait, un œillet à la boutonnière, une badine
à la main, étaler ses grâces sur le boulevard
et aux Tuileries. Il avait toujours ses poches
bourrées de déclarations incendiaires, qu'il
glissait à tout hasard aux promeneuses dont
il avait distingué le visage. Il assurait que
ce moyen, soutenu de sa bonne mine, lui
avait réussi plus d'une fois, et il disait à
l'oreille le nom des grandes dames qui avaient
pour lui, Lorisseau de Béthancourt, oublié
leurs devoirs. Il raillait fort cavalièrement
ces pauvres maris; il trouvait que c'était
encore beaucoup d'honneur qu'un homme
tel que lui voulût bien s'occuper de leurs
femmes. Il était bon prince, d'ailleurs, et

ne méprisait pas la grisette. Un soir on l'a-
vait rencontré dans sa tenue de garçon coiffeur, un panier de cuisine au bras. C'était
Lorisseau de Béthancourt qui, faute de domestique et en l'absence du portier, faisait les
commissions intimes de sa maîtresse. On
s'était beaucoup moqué et il n'avait pu faire
autrement que d'en rire. Il avait allégué
l'exemple de Richelieu déguisé en portefaix,
et n'en paraissait pas moins vexé quand on
lui demandait le prix des légumes. En reve-
nant le soir à l'École, il entrait dans un grand
café, qui était pour beaucoup d'étudiants un
lieu de rendez-vous. Il affichait par ses grimaces et ses yeux en coulisse la dame du
comptoir, qui fut à la fin obligée de le faire
mettre à la porte. Il assura que c'était chez
elle dépit d'amour, que cette aventure lui
serait une leçon de ne plus se commettre avec
ces espèces.

Pour subvenir à ses dépenses qui ne laissaient pas d'être fortes, il faisait des dettes

et ne les payait pas. Il avait bien vite épuisé
nos maigres bourses et son crédit près de
nous. Il empruntait aux fournisseurs. Nous
fûmes un jour témoins d'une scène qui paraî-
tra sans doute fort naturelle à bien des gens
plus familiers que nous ne l'étions avec les
mœurs de la bohème, mais qui nous souleva le cœur, car nous étions d'une honnêteté
toute puritaine. On le manda un jour au
parloir. Il s'y rendit aussi fier que s'il eût
cru y trouver la reine de Saba. C'était une
vieille femme qui l'attendait.

Il changea de contenance et de couleur
en l'apercevant, et la tira vivement dans un
coin. Leur conversation fut longue et animée;
nous ne pouvions apercevoir que les gestes;
la vieille semblait menacer; Lorisseau joi-
gnait les mains, suppliait, s'humiliait. Pour
un peu, il se fût mis à genoux. Elle finit
par tirer de sa poche un papier qu'il signa,
sans mot dire, et le lendemain nous le vîmes qui réunissait tous ses livres pour les

vendre. Cette vieille fut reconnue par l'un
de nous : c'était la femme d'un liquoriste,
chez qui les étudiants allaient prendre des
prunes à l'eau-de-vie.

Vous jugez si avec ces goûts et ces habitudes la condition de professeur lui pouvait
convenir! Le malheureux n'en parlait qu'avec
le plus profond mépris; il raillait les nigauds
qui prenaient leur état au sérieux et comp-
taient devenir d'excellents maîtres, après
avoir été de bons élèves.

Il se croyait bien trop grand personnage
pour se condamner à n'être qu'un homme
utile. Quoi! Lorisseau de Béthancourt, un
si joli garçon, si abondant en cheveux et en
barbe, si fourni de redingotes bleu-ciel et
de gants beurre frais, régent dans un collége! Pourquoi pas tout de suite balayeur!
Un bon balayeur est pourtant plus estimable qu'un être inutile et vain qui rougit de
son métier.

Nous évitions, autant qu'il nous était pos-

sible, ce calicot égaré parmi nous. Mais son
ton de suffisance et son verbiage en avaient
imposé à quelques-uns de nos camarades
qui se laissaient prendre à ses balivernes.

Il s'était fait une sorte de petite cour. Les
gens qui parlent haut en trouvent toujours
d'autres qui les écoutent et qui les croient.
Il y a des badauds pour tous les charlatans.

Un jour que la petite coterie Lorisseau
causait bruyamment dans une salle, dont
la fenêtre était restée ouverte, le hasard fit
qu'Étienne, qui passait par là, entendit son
nom mêlé à des éclats de rire, et prêta
l'oreille. C'était Lorisseau qui tenait le dé
dans la conversation. Il parlait d'Étienne et
il le faisait d'une façon grotesque.

« Lui, amoureux ! disait-il, cela fait pitié !
ma parole d'honneur ? et amoureux d'une
fille des rues ! il doit être impayable, en
filant le parfait amour près de sa belle. Je
voudrais lui entendre dire : « Je vous aime. »
Je rirais bien. Il est vraiment incroyable

qu'on ne se connaisse pas mieux. Ce pauvre
garçon est fait pour être amoureux comme
moi pour être évêque. Il est et ne sera jamais qu'un cuistre. »

Quelqu'un entra dans la chambre où se
tenait la conversation et la fit cesser aussitôt. Étienne s'en alla navré. Il aurait mieux
fait de hausser les épaules ; cette outrecui-
dante grossièreté de propos ne méritait que
son dédain. Mais la raillerie avait touché les
fibres les plus douloureuses de son âme ; il la
sentit vivement. Je le trouvai pâle et les
yeux gros de larmes :

—C'est ta faute, me dit-il après m'avoir
conté l'affaire. Voilà mon secret qui court
l'École à présent. Il ne me manquait plus
que d'être tourné en ridicule par un Lorisseau. Je ne lui en veux pas d'ailleurs ; je
sais bien qu'il a raison. Il a dit vrai : je
suis et ne serai jamais qu'un cuistre !

—Toi ! m'écriai-je, toi, mon bon Étienne !
Mais le cuistre, s'il y en a un ici, c'est lui,

sans aucun doute. Il n'est de cuistre au
monde que les âmes basses et les esprits
vulgaires. On n'est pas un cuistre quand on
pense et qu'on aime. Ce Lorisseau a la tête
aussi vide que le cœur. N'aimer que soi et
ne rien penser par soi-même, c'est au collége, comme partout ailleurs, la pire de
toutes les cuistreries.

— Hélas! mon pauvre ami, me répondit-il, nous connaissons bien peu, l'un et
l'autre, ce monde où nous allons entrer.
J'en ai déjà vu assez pour savoir qu'on n'y
juge les gens que sur l'apparence. La
mienne est ridicule, absurde, invraisem-
blable. Je crois que le dedans vaut un peu
mieux, mais qui veux-tu qui prenne la peine
d'ouvrir un si vilain étui?

— Qui? mais rue Mouffetard...

—Eh bien! non, reprit-il douloureusement,
pas même elle! Cela est triste; mais je n'y
puis rien; pour elle comme pour ce Lorisseau, je ne suis qu'un cuistre! Elle ne me

le dit pas; mais je le vois, je le sens, à sa façon d'être avec moi. Elle me croit bon, doux, serviable, charitable, toutes les qualités du cœur que tu voudras, le meilleur des cuistres, mais un cuistre.

Il fit un geste violent.

— Ah bah! reprit-il en souriant de son affectueux sourire, ne pensons plus à tout cela. Je t'ennuie de mes plaintes. Pardon! j'ai tort. Au lieu d'accuser la nature, qui s'est diantrement trompée en me fabriquant, je ferais mieux de travailler, s'il est possible, à corriger les erreurs de ce potier maladroit. Les pleurs ne guérissent de rien; il faut d'abord être agrégé, nous verrons après.

A partir de ce jour, Étienne se mit résolûment à la besogne, et donna un vigoureux coup de collier. Il fut reçu et même dans un rang très-honorable. Ce fut la première et la dernière fois que son visage et sa tournure lui servirent à quelque chose.

Les examinateurs y virent une garantie de
sérieux et de moralité. Ils jugèrent qu'un
homme si peu fait pour le monde n'y ou-
blierait point les devoirs de son état, et
n'aurait jamais d'autre amour qui lui oc-
cupât le cœur que l'amour de ses livres et
de ses classes.

Huit jours après j'appris, par le *Journal
de l'instruction publique*, qu'il était nommé
professeur de seconde à Rodez, et par un
petit billet, qu'il partait le lendemain à
six heures pour la résidence qui lui était
assignée.

A cinq heures, j'étais dans la cour des
Messageries.

Il n'y avait point encore de chemins de
fer à cette époque. Je voulais, au moment
de nous séparer de lui pour une année, et
qui sait? pour plusieurs peut-être, lui dire
un dernier adieu.

Je le vis descendre de son fiacre, tout
guilleret, et les mains dans les poches.

— Et ta malle, m'écriai-je, où est ta malle?

— Tiens ! c'est vrai, me dit-il un peu surpris et souriant de sa distraction. Je l'ai oubliée. Tu iras la prendre à l'École et me l'expédieras par le roulage.

— Et en attendant ?

— Le sage porte tout sur soi. J'ai deux mouchoirs de poche; on va loin avec cela.

Tout en causant sur ce ton de badinage, il parcourait des yeux la cour des Messageries; il semblait impatient et inquiet. Sa figure s'éclaira tout à coup, et il poussa un cri de joie.

Je suivis la direction de son regard. La mère Gaillon accourait, trottinant, drapée dans un magnifique tartan rouge. A côté d'elle marchait ma jolie voisine de table. Elle était vraiment gentille, avec son bonnet blanc, coquettement jeté sur ses touffes de cheveux noirs. La rapidité de la course lui avait mis un peu de couleur aux joues, et son diable de petit nez semblait frétiller de malice. Étienne courut à elles ; je me tins discrètement éloigné, pour ne pas gêner leurs épanchements. La mère Gaillon lui prit vigoureusement la tête dans ses deux bras, et après la lui avoir frottée sur son estomac, fit sonner sur ses joues deux énormes baisers de nourrice. La jeune fille lui tendit la main. Étienne allait la serrer dans les siennes, quand la mère Gaillon intervint :

— Allons donc ! un jour de départ ! on s'embrasse !

Pauline offrit sa joue en rougissant ; Étienne resta tout interdit, sans oser approcher. La mère Gaillon le poussa en riant d'un gros rire ; il effleura de ses lèvres le visage qu'on lui offrait, et se sauva sans avoir dit un mot. Il se jeta dans mes bras ensuite ; nous étions fort émus, et ne pouvions parler ni l'un ni l'autre :

— Tu m'écriras, lui dis-je.

— Oui, oui, et toi aussi.

Le conducteur, qui faisait l'appel, cria le
nom d'Étienne Moret. Il grimpa sur son
impériale ; la voiture s'ébranla et partit. Je
le vis, au tournant de la rue, qui se pen-
chait en dehors une dernière fois, et faisait
de la main un geste d'adieu. Les deux
femmes l'accompagnaient du regard, la
vieille s'essuyant les yeux avec le bout de
son châle, la jeune lui souriant. Ce sourire
me rappela une pensée de Daniel Stern, que
j'avais lue quelques jours auparavant, et
qui m'avait beaucoup frappé.

« L'aspect extérieur des maisons, en
Orient, disait le moraliste, ne présente d'ordinaire que des murailles nues. Mais, à l'intérieur, l'œil est ébloui par des colonnes
sans nombre, des marbres précieux, des
fontaines jaillissantes, par toutes les richesses
et les fantaisies de l'art arabe. Malheureusement la porte de ces exquises demeures
est presque toujours fermée ; elle ne s'ouvre
qu'à l'amitié et à l'amour. Il en est de même

de certains esprits froids et nus en apparence.
Pour découvrir leurs magnificences cachées,
il s'agit également d'en forcer le seuil. Que
faut-il pour cela? presque rien, le sourire
d'une femme. »

Étienne trouverait-il jamais ce sourire?
Je suivis des yeux la jeune fille, aux mains
de qui il semblait avoir laissé son cœur et
l'espérance de son avenir; elle s'en allait
heureuse et gaie, sans avoir l'air de plus
songer au pauvre diable, que la diligence
emportait loin d'elle.

« Bah! me dis-je; il en est déjà oublié;
il l'oubliera aussi. Le temps est un grand
maître. »

EN PROVINCE

Tu m'écriras! — c'est toujours le dernier mot d'amis qui se séparent. Les sépa-
rations sont une chose si triste, et où
l'homme sent si bien le néant de son cœur,
qu'il essaye de reprendre sur elles et de
sauver le plus qu'il peut du naufrage. —
On s'écrit donc; les lettres sont d'abord
fréquentes et longues; on ne craint pas les
détails; on sait qu'ils ne fatigueront pas
l'ami qui doit les lire. On les entremêle
d'allusions aux heureux moments qu'on a
passés ensemble; c'est un charme. La correspondance est alors ce qu'elle devrait toujours être, une conversation intime à distance; chacun, il est vrai, n'y peut parler

qu'à son tour et à de longs intervalles ; mais
les deux âmes y sont encore, malgré l'absence, en communauté d'idées ; elles vibrent
aux mêmes sentiments, comme deux cordes
à l'unisson se renvoient de loin la même
note. Ces liens se relâchent peu à peu, sans
qu'on s'en aperçoive ; les lettres deviennent
plus courtes et plus rares ; il en coûte de
se mettre à son bureau ; on ne trouve plus
un instant pour écrire. Un jour arrive, enfin, où l'on se voit en face de son papier
blanc, tournant une plume entre ses doigts,
et cherchant au plafond sa première phrase.
On reconnaît avec un douloureux étonne-
ment qu'on n'a plus rien à se dire ; on va
encore quelque temps, par habitude, par
un reste de fausse honte ; mais on est horriblement las d'écrire à vide, et la correspondance s'éteint d'elle-même sans qu'on
puisse préciser le jour où elle a cessé. On
s'est affranchi, l'un et l'autre, d'un devoir
qui n'était plus un plaisir.

On s'excuse sur la stérilité de la vie qu'on mène, tandis que les moralistes accusent l'indigence de notre cœur. L'excuse est aussi fausse que l'accusation est injuste. Les événements n'ont de prix que par l'importance qu'on y attache; les moindres sont encore précieux à toute personne qui s'y intéresse; la vie la plus monotone en fournit plus qu'il n'en faut pour emplir des milliers de pages. Quant à notre cœur, il vaut mieux que ne le disent les philosophes chagrins; il a, lui, de quoi aimer longtemps, et l'affection survit, d'ordinaire, bien des années après que la correspondance est morte. Non, si l'on ne s'écrit plus, c'est uniquement par la même raison qui fait que l'on avait commencé de s'écrire, c'est qu'on ne vit plus ensemble.

Vous est-il jamais arrivé de voir tomber inopinément dans vos bras un vieil ami de collége, que vous aviez quitté depuis dix ou douze ans? Il y a toujours, après les

premiers moments des vives embrassades,
quelques minutes de gêne réciproque. On
ne cause qu'avec effort, et par contenance.
On reste, de part et d'autre, dans les phrases
toutes faites de la conversation la plus indifférente. On a tant de choses à se dire
qu'on ne sait plus par laquelle commencer,
et qu'on se rabat, pour se donner le temps,
sur les banalités ordinaires. Il faut le loi-
sir de se reconnaître, de retrouver, en tâ-
tonnant, les points communs par où deux
cœurs désunis depuis tant d'années peuvent
se reprendre et renouer l'heure présente aux
souvenirs d'autrefois.

C'est un embarras pareil qu'on éprouve
dans les correspondances, après qu'on les
a laissées languir. Au moment de re-
mettre la plume à la main, on s'arrête avec
quelque hésitation devant cette innombrable
foule de petits faits dont se compose la
trame ordinaire de la vie.

Lequel choisir? pourquoi celui-là plutôt

qu'un autre? On finit par n'en prendre aucun pour n'avoir pu les prendre tous. Les
lettres deviennent générales et sèches;
elles peuvent se réduire presque toutes à
cette formule infiniment plus simple : « Bonjour, mon ami, je me porte bien, et vous?»
A quoi bon, dès lors, y perdre tant d'heures?
On n'écrit plus, on fait vie à part et la
correspondance tombe, comme l'amour s'é-
teint entre deux époux qui n'ont plus la
même chambre. Il faudrait, pour la soutenir, écrire tous les jours, et des volumes,
comme faisait madame de Sévigné, comme
faisait Julie de Saint-Preux. Mais il n'y a que
les grandes dames des siècles passés et les
héroïnes de romans pour avoir tant de cons-
tance et de loisirs. Quand on doit gagner
sa vie, il ne reste plus guère le temps ni
le désir de la conter en détail, même à ses
plu chers amis.

Étienne m'écrivit une douzaine de lettres
que je faisais passer à d'autres camarades,

par un système d'échanges convenu entre
nous, à l'École, avant notre séparation. Je
donne ici les trois premières, supprimant
tout ce qui est trop personnel et intime.
Je ne les ai pas relues sans un triste plaisir. Elles respirent une ardeur de jeunesse
et une gaieté qui font, avec le reste de sa
vie, un douloureux contraste. Il n'y a pas
de créature, si déshéritée de Dieu, qui n'ait
eu son jour de bonheur. Celui d'Étienne ne
dura guère; mais il le goûta avec une
joie d'enfant. Il eut vingt ans comme tout
le monde; il connut le long espoir et les
vastes pensées. La maladie dont il portait
le germe en lui, et qui devait, en se dévelop-
pant, l'étouffer plus tard et l'abattre : la
défiance de soi, lui laissa quelques mois de
relâche : il fit halte dans une oasis, entre
deux déserts de sable.

Rodez, novembre 1853.

« Te rappelles-tu qu'à l'École normale nous
nous étions promis d'étudier chacun la

ville où nous serions envoyés, de mettre en
commun nos renseignements et de dresser
ainsi une carte morale de la France.

« C'est moi qui commence aujourd'hui.

« Rodez est une vieille ville, perchée tout
au bout d'une montagne en pain de sucre[1].
Elle ne paye pas trop de mine; l'aspect en
est triste et sale. Les Ruthénois, (c'est le
nom que se donnent les indigènes) ne s'en
montrent pas moins très-fiers ; ils sont si
parfaitement convaincus qu'elle est propre
qu'ils ne la nettoient jamais.

« Mes collègues prétendent que c'est par
une attention délicate, pour ne pas m'hu-
milier.

« Les maisons, dont le premier étage fait

---

1. Nous ferons remarquer au lecteur que cette lettre
date de 1853. Il s'y trouve sur Rodez et ses habitants
des remarques satiriques qui ont déjà sans doute cessé
d'être justes. Peut-être ne faut-il pas non plus trop
prendre au sérieux des plaisanteries qu'on se permet
entre camarades, sans qu'elles tirent à conséquence.
La liberté du style épistolaire suffit à les autoriser.

saillie sur le rez-de-chaussée, se rejoignent presque des deux côtés par en haut, et ne laissent plus filtrer qu'une lumière avare sur les rues, qui sont étroites, sombres et pour comble d'ennui, pavées de cailloux pointus.

» On sent, lorsqu'on y passe, les odeurs les plus extraordinaires. Chaque ménage nourrit son cochon et l'engraisse à domicile, en attendant qu'il le mange avec ses amis. Le jour où l'on tue le cochon est une vraie fête pour la cité ruthénoise, qui en éprouve un notable soulagement. Les natifs s'envoient entre eux de petits cadeaux de boudin et d'andouilles ; ils se rappellent ainsi au souvenir les uns des autres.

» Ils tiennent à leurs cochons pour le moins autant que Saint-Antoine. En 1849, lors du choléra, le maire prit, sur l'avis du médecin, un arrêté en vertu duquel tous les porcs devaient sortir de Rodez. Il y eut presque une émeute. Tous les habitants se sentirent frappés. Ils s'assemblaient à la porte de ce magistrat exterminateur, l'attendaient à la sortie, et lui criaient en joignant les mains : Rendez-nous nos cochons, monsieur le maire!

» Je ne t'étonnerai pas en ajoutant qu'il n'y a dans la ville que deux établissements de bains, et qu'il faut commander son bain à l'avance. Note, s'il te plaît, que Rodez compte quinze mille corps à laver, sans parler des cochons. Les prêtres y sont nombreux, et la cathédrale est fort belle; cela console.

» Le maire, qui est un homme d'esprit et médecin, a fait de son mieux pour changer les habitudes du pays. Il est soutenu par le préfet et par toute l'Administration. Mais les Ruthénois sont de terribles Auvergnats : quand une idée s'est enfoncée en leur cervelle, le grand diable d'enfer ne l'en décrocherait pas. Ce sont des têtes carrées, plus solides, plus épaisses, plus impénétrables que la semelle de leurs souliers à clous. Ils résistent à tout ce qui leur semble être une

nouveauté avec un entêtement que rien ne
saurait vaincre. Les enfants que l'on met
entre nos mains ont déjà ce caractère de
lente obstination. Ils s'écartent de nous avec
un air de méfiance sournoise et farouche.
On dirait que pour eux nous sommes des
ennemis.

» Les pères leur donnent l'exemple de cette
antipathie. On m'assure qu'il y a en France
des villes de province où les fonctionnaires
sont accueillis, fêtés, et entrent assez vite
dans le courant de la population indigène.
Ils forment ici une tribu à part, que l'on
tient à distance. Nous sommes pour ces
Auverpins des étrangers, des *barbares*, comme
disaient les anciens, contre qui tout est
bon et légal. On nous exploite, on nous pille.
Nous n'avons jamais que du rebut et nous
le payons cher.

» C'est œuvre pie que de nous tondre. J'ai
moi-même entendu ces jours derniers la vieille
femme qui cuisine nos dîners se plaindre

violemment des Parisiens : « Ils ont si
bien fait, disait-elle, qu'on ne peut plus
trouver aujourd'hui de domestiques. Il faut
leur donner à présent des vingt francs de
gages par mois et elles ne veulent plus de
pommes de terre! » Ces gens-là nous haïssent de leur apporter des idées plus larges et
des mœurs plus douces; ils s'en défendent
le plus qu'ils peuvent; ils s'enferment chez
eux et nous invitent à rester chez nous.

» Ils sont servis à souhait. La plupart des
fonctionnaires ne logent point dans la ville
même. Il s'est depuis quelques années bâti
autour des promenades un assez grand nombre de maisons neuves. C'est là qu'habite la
colonie. C'est là que j'ai porté mes pénates.
A propos, merci bien. Je les ai reçus par le
roulage. Tu es un ami à toute épreuve. As-
tu une jolie chambre? la mienne me plait.
De la fenêtre, qui est vaste, j'ai vue sur une
immense étendue de campagne, et je puis,
en levant les yeux de dessus mon livre, les

baigner, à mon plaisir, dans les dernières lueurs du soleil couchant. L'aspect général du paysage est sévère et même un peu triste. Mais je suis si heureux qu'il me semble le plus aimable du monde. La joie que l'on porte au fond du cœur se répand toujours sur les lieux où l'on vit, et les pare de ses couleurs.

» Je n'oserais pas dire à un autre d'où me vient le bonheur dont je te parle. Il rirait de ma naïveté. Mais tu me comprendras, toi, qui es arrivé, comme nous tous, de caserne en caserne, jusqu'à tes vingt-cinq ans. J'ai enfin un chez moi! je puis entrer, sortir, rester à ma fantaisie! j'ai un *home* où il m'est permis de me recueillir seul avec mes pensées, et qui n'appartient qu'à moi; j'en ai la clef dans ma poche... C'est un enfantillage sans doute; mais cette clef qui m'ouvre la libre disposition de moi-même, je la tire vingt fois le jour, je la tâte sans cesse; je la fais, en fredonnant un air, tour-

ner autour de mon doigt; je la baiserais
presque. Il me suffit de la retirer de ma
serrure, et voilà entre l'univers et ma solitude une barrière que personne ne peut
franchir. Je n'ai plus à craindre qu'un imbécile me dérange, qu'un ami même vienne
mal à propos se jeter au travers de mes rêve-
ries. Ah! la bonne chose que d'être libre,
sans cloche qui vous appelle au travail, sans
surveillant qui vous l'impose! C'est une sensation délicieuse; j'en jouis avec transport;
je ne m'en rassasie point. Même, encore aujourd'hui, je ne puis me défendre d'un tressaillement toutes les fois que je ferme sur
moi la porte de mon petit paradis.

» Il est bien laid, ce paradis, et bien pauvre. C'est, pour te le faire connaître d'un
mot, une chambre garnie et misérablement
garnie. Mais je l'aime. Son papier d'un gris
sale qui s'écaille par endroits, son carreau
marbré de grosses plaques rouges, ses meubles de pacotille, usés, écornés, boiteux, tout

cela me ravit. Il n'y a pas jusqu'à la garniture
de la cheminée qui ne me fasse plaisir aux
yeux. C'est une pendule jaune surmontée d'un
troubadour qui chante en s'accompagnant de
la lyre; à droite et à gauche un énorme bou-
quet de fleurs artificielles triomphe sous un
globe qui empêche la poussière de sortir.
A chaque bout une fontaine de coquillages
fait mine de verser son eau sur une mousse
frisée de brins de laine verte. Ces magnificences rhuténoises ne me semblent point
grotesques. Tu vas te moquer de moi, mais
je ne puis les regarder sans un certain atten-
drissement. Elles sont invinciblement liées,
pour moi, au souvenir du premier jour où
j'ai pris possession de moi-même; où j'ai
passé homme, et homme libre.

» Tu penses bien, mon ami, que je ne me
suis pas encore mis sérieusement au travail. Ce n'est pas une petite occupation de
s'installer dans une ville inconnue et pour
une vie nouvelle. J'ai eu tout d'abord un

monde de visites à rendre : à mes collègues, en premier lieu, avec qui j'ai fait
connaissance.

» *Ab Jove principium.*— Notre proviseur est
un brave homme un peu niais, mais digne :
il a l'air imposant d'un épicier, chef de ba-
taillon dans la garde nationale. C'était, autrefois, un professeur plus que médiocre, qui
exerçait je ne sais où. On a bien vite reconnu
qu'il n'était pas capable de tenir une classe;
on l'a mis à la tête d'un lycée. D'un professeur manqué, l'Université fait très-bien
un excellent proviseur. Le nôtre est un proviseur raisonnable. On ne lui connaît qu'un
défaut, mais qui est terrible pour ses admi-
nistrés : c'est une peur blême de l'administration supérieure.

» Il est de ceux qui se font marteau par
crainte de passer enclume. Les arrêtés et
les circulaires qui, depuis deux ou trois ans,
tombent par giboulées sur notre système
d'études, troublent la cervelle du pauvre

homme : il emploie ses nuits à les étudier ;
il les commente, il les explique, il les ap-
plique, et c'est sur nous que cela tombe en
fin de compte. Il ne nous fait pas plus grâce
qu'à lui-même du moindre détail ; il nous
accable de notes, de rapports, de conférences,
d'inspections ; il entre en des minuties qui
ne sont pas croyables ; c'est un perpétuel
tatillonnage dont nous ne sommes pas moins
victimes que lui, et qui ne profite à personne.
Ah ! si le roi le savait ! S'il l'ignore, ce n'est
pourtant pas faute qu'on le lui écrive. Que
de rapports, bon Dieu ! Le rapport est la
plaie de l'enseignement. Nous nous reposons
de nos classes en composant des rapports ;
nos administrateurs, censeurs, proviseurs,
inspecteurs, recteurs, expédient chaque semaine des ballots de rapports au ministre,
qui ne les lit jamais. Oh ! que d'encre et de
papier perdus ! Si on laissait le professeur
répondre de sa classe, le proviseur de son
collége, le recteur de sa faculté, et chacun

de sa besogne, comme les vaches en seraient
mieux gardées et à moins de frais !

» Notre censeur est un homme de quarante-
trois ans, grand, maigre, chauve, onctueux
et majestueux. Il est né avec une cravate
blanche et des lunettes d'or. Voilà quatorze
ans qu'il est censeur ; il le sera toute sa vie.
Cette perspective donne à sa figure une
teinte de jaune verdâtre ; ses lèvres minces
ont des tons de rose passée, comme ces
vieilles faveurs avec lesquelles les livres de
prix sont attachés aux jours de distribution.
Les parents l'aiment. Personne ne leur parle
d'une voix plus mielleuse et plus digne. Les
enfants tremblent devant lui. Ils rentrent sous
terre quand ils aperçoivent de loin le bord
de son chapeau. Avec nous, il est un peu
roide ; mais pour peu qu'on sache le prendre
par la flatterie, qui est son faible, il s'hu-
manise ; on le trouve alors assez bon enfant,
libre et chagrin dans ses discours, laissant
mal parler du proviseur, qu'il déteste et qui

le lui rend. On ne sait pourquoi ces deux
hommes, qui sont forcés de vivre ensemble,
se sont brouillés et ne peuvent plus se voir.
Le savent-ils eux-mêmes?

» Tous deux sont mariés ; les femmes sont
en cours réglé de visites officielles; si leurs
yeux étaient des poignards, il y a beau
temps qu'elles se seraient tuées l'une l'autre.
Le proviseur a trois filles et deux garçons ;
cette famille lui pèse terriblement sur les
bras. Il ne reçoit pas, par économie. Le
censeur est obligé de se régler sur son supérieur immédiat; sa femme, qui possède
une fort belle argenterie de famille, enrage
de ne la pouvoir exhiber. Elle parle sans
cesse des dîners qu'elle donnerait, des bals
où elle inviterait toute la ville. Mais la hié-
rarchie!...

» Le professeur de logique est un des grands
hommes du cru : membre de l'Académie
aveyronnaise, vice-président de la Société ar-
chéologique, secrétaire de plusieurs Sociétés

de bienfaisance, marguillier de sa paroisse.
Il s'est porté deux fois pour le conseil mu-
nicipal, où il n'est point parvenu. C'est le
desideratum de sa vie. Son *Histoire de la
cathédrale de Rodez* jouit d'une célébrité eu-
ropéenne dans le département. J'en parle,
comme tout le monde, sans l'avoir lue ;
mais c'est un ouvrage cruellement savant,
et son auteur, un savant authentique. Il a
le port, la démarche et presque la voix
d'Henri Monnier dans *Grandeur et décadence
de M. J. Prudhomme.*

» J'en rougis pour l'Aveyron ; mais cet
homme éminemment docte a eu des malheurs conjugaux. C'est, comme dirait notre
bon ami Panurge, une belle médaille de
mari. Il fut un temps où ses élèves écri-
vaient sur tous les murs de la ville : *mari,
mari, mari.* S'il s'était agi de tout autre,
l'Université se serait émue, et le ministre
l'eût bien vite changé de résidence. Car on
ne saurait nier que ce léger accident n'ôte

à un professeur quelque peu de son prestige.
Ménélas, qui se faisait, malgré son malheur,
obéir d'une armée, n'eût pas évité, s'il avait
occupé une chaire de rhétorique, les brocards
de sa classe. Mais pour notre collègue, la
chose n'était pas de si grande conséquence.
Il est du pays, sa femme est du pays, l'a-
mant est du pays : tous auvergnats ; c'est
une affaire de famille. Ces orages domestiques ont passé sur la tête de ce maître de
philosophie, sans rien lui faire perdre ni de
ses cheveux qu'il relève en toupet, comme feu
Louis-Philippe, ni de la sérénité qui brille
sur son visage : *Impavidum ferient ruinæ.*
Nous ne le voyons guère ; il vit beaucoup
avec sa femme, qu'il adore, par un sentiment
bien naturel, et avec ses trois enfants, dont
deux filles. Le petit dernier est un amour.
Il ressemble comme deux gouttes d'eau au
principal avoué de la ville. C'est celui que
son père aime le mieux ; il y a des grâces
d'état.

7.

» Je ne te parlerai point de Lorisseau. Tu
as connu ce Fat à l'école; je l'ai retrouvé à
Rodez, et non sans quelque chagrin. Il y
fait le joli cœur, bien que le pays n'y prête
guère. Mais cet animal eût trouvé des gri-
settes sur le radeau de la *Méduse*. Il a déjà
commencé à se moquer de moi; mais je
m'importe peu (comme dirait le gendarme)
des fades railleries de cet impertinent. J'ai
eu pour défenseur, en cette affaire, un aimable garçon qui est, lui, sérieusement, ce
que Lorisseau se pique d'être, un homme du
monde. Il se nomme Foyon; il a de l'entre-
gent, dans le bon sens du mot, de l'esprit,
une figure agréable; bien tourné avec cela.
Il a trouvé moyen de s'insinuer dans un ou
deux salons rhuténois, dont il fait les beaux
jours. Il veut absolument me débarbouiller
et m'y conduire. Il prétend que nous devons
prouver aux provinciaux qu'en dépit des
préjugés on est dans le professorat moins
pédant et moins sot que dans toute autre

corporation. Je te dirai, entre nous, que
c'est bien mon avis. Les romans et les pièces
de théâtre vivent depuis deux cents ans sur
la caricature qu'a tracée Molière de ce bon
monsieur Bobinet, qui fait réciter Despau-
tère à son élève. Rien ne lui ressemble moins
que nos professeurs d'aujourd'hui. Les savants en *us*, les pédagogues importants et
bêtes, qui puaient l'école, ont disparu peu
à peu; c'est à peine s'il en reste dans quelques collèges départementaux deux ou trois
spécimens fossiles échappés je ne sais
comment à la révolution qui s'est faite in-
sensiblement dans les mœurs universitaires.
Ces mégathériums de l'antique professorat
sont les derniers et curieux vestiges d'un
âge antédiluvien.

» La génération nouvelle vit des mêmes idées
que le siècle; elle les porte dans l'enceinte
des lycées et en rajeunit le vieil enseignement; de ses profondes études elle ne laisse
voir dans le monde, quand elle y va, que

ces connaissances générales qui sont partout
le fonds des entretiens, et que l'esprit peut
aisément orner de ses grâces. Je ne crois
pas que l'on trouve dans aucun autre corps,
quel qu'il soit, plus de jeunes gens instruits
et qui fassent moins profession de l'être. Je
ne serai pas sans doute d'un grand secours
à l'ami Foyon dans la campagne qu'il entre-
prend contre les préjugés de la province.
Il aura beau me laver les mains, je ne serai
jamais un homme du monde; je n'en suis
pas moins fort aise de voir que nos camarades
nous relèvent du peu d'état que certaines
gens font de nous.

» La réforme s'opérerait bien plus vite si
nous avions des appointements sérieux. Je ne
parle pas pour moi : je me trouve fort riche
avec mes 2,500 francs, et je ne me demande
pas sans inquiétude à quoi je pourrai dépen-
ser tant d'argent. Mais j'ai vingt-cinq ans et
je suis seul. Je vois quelques-uns de mes
collègues qui sont déjà mûrs et pères de fa-

mille. Ils ont toujours les mêmes 2,500 francs;
ils les auront jusqu'au jour de leur retraite.
Notre professeur de quatrième est dans la
plus profonde misère. Il manque de pain;
cela est à la lettre. Il a eu le tort d'épouser,
jeune, une femme qui ne lui apportait en
dot que ses beaux yeux, et qui lui fait des
enfants à la douzaine. Il comptait rester à
jamais dans la ville où il s'était marié. A
peine avait-il acheté ses meubles et s'était-il
installé qu'on le fit partir, à la suite de je
ne sais quel démêlé avec l'administration.

» Il était nommé à cent cinquante lieues de
là. Il fallut résilier le bail, vendre le mobi-
lier, payer les frais de voyage, qui étaient
énormes. Cette plaisanterie s'est renouvelée
deux fois, et il est enfin venu s'échouer à
Rodez, sans autre fortune qu'une femme,
beaucoup d'enfants, des dettes, et pas un sou
pour les payer. Je lui ai prêté quarante francs
l'autre jour; son tiroir était vide, et l'épicier
lui refusait crédit. L'habit qu'il porte est ter-

riblement râpé, il le boutonne jusqu'au col
pour couvrir la chemise. Il a un regard sournois et haineux qui ne me va guère; on
m'a prévenu de m'en défier; mais il est si
malheureux que je ne puis que le plaindre.

» La physionomie la plus tranchée de notre
petit cercle est celle d'un vieux garçon de
cinquante-quatre à soixante ans, qui s'appelle
Mignoret. Il est impossible que tu n'entendes
pas quelque jour prononcer son nom; car
on ne connaît que lui dans l'Université. Il
possède tous ses grades : agrégé, docteur ès
lettres, docteur ès sciences; sa thèse française
est un de ces chefs-d'œuvre ignorés, comme
il y en a quelques-uns, parmi nos thèses
universitaires. Il a plus d'esprit encore que
d'instruction; sa conversation est un feu d'artifice de mots drôles et salés; sa physionomie
grognon petille de malice.

» Quand il va parler, ses lèvres se tendent
comme pour lancer un trait. Il a débuté par
être professeur de rhétorique dans, un grand

lycée; on croyait alors qu'il ferait son chemin, et il le croyait aussi, car la modestie
n'est pas son vice. Mais il en avait deux
autres qui lui ont toujours fait tort : il aimait
prodigieusement les femmes et n'aimait pas
les administrateurs. Il écrivait aux unes de
petits vers à la mode de Parny, qui couraient
la ville; il poursuivait les autres de ses taquineries.

» Nombre de ses plaisanteries et de ses mys-
tifications sont restées célèbres. C'est lui qui,
chargé par un recteur peu familier avec les
études classiques de choisir des matières de
discours latins pour le concours de fin d'année,
lui fit agréer, pour sujet de composition de
prix, le discours de saint Denis décapité et
portant sa tête entre les bras. Quand ils ont
tant d'esprit, les professeurs n'avancent guère.
Le père Mignoret s'en alla de lycée en lycée,
toujours dégringolant, jusqu'à ce qu'il tom-
bât en troisième à Rodez. Il s'y est accroché,
et n'en bougera plus. Il est revenu de toute

ambition, et n'a gardé de ses espérances
trompées qu'une humeur chagrine et causti-
que, qui s'échappe en amusantes boutades.
L'inspecteur général, qui était l'année dernière de passage ici, le prend à part et lui
dit affectueusement :

» — Voyons ! monsieur Mignoret, vous n'ê-
tes pas à votre place ; nous le savons ; avez-
vous quelque chose à nous demander?

» — Oui, monsieur l'inspecteur, répondit
notre Diogène d'un ton fort calme, je demande
que l'Université me donne la paix.

» *Donner* est le terme doux. Ce vieil original n'a plus en effet d'autre désir que de
rester tranquille. Il vit comme un ours ou
comme une huître. Tout le temps que ne
lui prennent pas ses classes, qu'il fait d'ailleurs en dépit du bon sens, il le passe à jouer
aux cartes ou à fumer. Le whist et la pipe
sont les deux seules passions qui lui restent.

» Il n'ouvre plus un livre, il a fait de sa bibliothèque un bûcher pour son bois. Comme

tous les hommes qui ont eu du succès près des femmes, et qui abdiquent avec un certain faste des prétentions devenues inutiles, il affecte de ne plus se soigner. Sa robe de chambre est âgée de huit ans ; je ne voudrais pas la mettre : c'est tout dire. Il a encore une fort belle main et la montre avec plaisir ; c'est sa dernière vanité. Peut-être l'a-t-il conservée parce que c'est la seule qui ne coûte rien. Il est aujourd'hui d'une avarice extrême. Il y a quatre ans, il acheta un stère de bois ; ce stère dure encore. Quand on a l'imprudence d'aller chez lui, on le trouve, en plein hiver, à sa croisée, fumant sa pipe ; il ferme la fenêtre ; c'est ce qu'il appelle offrir un petit air de feu. Il a peu de visites, il passe pour égoïste ; c'est plutôt un vieux garçon et un homme dégoûté. Il paraît m'avoir pris en affection. La première fois qu'il m'a vu, il m'a dit de ce ton sarcastique qui lui est habituel :

» — Ah ! vous êtes de l'École ! J'aime les

élèves de l'École; ils ne font pas de phrases, mais ils sont cruellement dogmatiques; il faudra voir à cela. J'en ai déjà formé d'autres; je vous formerai aussi.

» Tu vois, mon cher ami, que si je ne me forme pas, je ne pourrai m'en prendre qu'à moi-même. Tout le monde se mêle de mon éducation. Mais à blanchir un nègre on perd son savon et sa mousse.

» Bon petit nègre à toi pour la vie.

» ÉTIENNE MORET. »

J'ai donné cette lettre, bien qu'elle soit très-longue et que les personnages qu'elle met en scène n'aient exercé sur l'avenir d'Étienne Moret qu'une influence médiocre et courte. Mais on retrouverait encore vivants, dans l'Université actuelle, les types qu'il y dépeint. La plupart des lycées de province sont composés encore aujourd'hui à peu près de la même façon que celui où le hasard l'avait déporté. Que de professeurs j'ai rencontrés, pleins de talents et de séve, qui

étaient en train de tourner au Mignoret ! que
de forces vives s'épuisent et se perdent dans
l'enseignement secondaire ! A cette galerie
de portraits, il faudrait ajouter celui d'Étienne
Moret lui-même. Ce brave garçon, hélas ! qui
avait tant d'instruction et si bon courage,
qui aimait le métier et le faisait passionné-
ment, la nature l'avait pourvu d'un défaut
qui gâtait toutes ses qualités et les rendait
inutiles. Il ne savait pas, il ne pouvait pas
tenir ses élèves.

Mais, avant de le montrer aux prises avec
sa classe et les ennuis qu'elle lui causa,
laissez-moi vous transcrire une seconde lettre
de lui. Vous l'y verrez encore dans toute
l'ardeur de son initiative première, rêvant
des réformes et conservant sa bonne gaieté
au milieu des tracasseries où il commençait
à se débattre.

« Rodez, 2 janvier.

» Bonjour et bon an, mon cher ami. Je
viens de présenter successivement mes res-

pects à toutes les autorités civiles et militaires
qui n'auraient pu s'en passer. Nous étions
tous en habit noir et en gants blancs, notre
proviseur en tête. C'était un beau spectacle.
Les autorités civiles et militaires nous ont
toutes assuré l'une après l'autre, que nous
étions l'objet particulier de leurs incessantes
sollicitudes; la chose est vraie tout au moins
de monseigneur qui daigne se préoccuper
de nous autant et plus que si nous profes-
sions au petit séminaire.

» J'ai une assez bonne classe; mes élèves
sont un peu indisciplinés, mais moins loups
au fond qu'ils n'en ont l'air. Ce sont des na-
tures rudes, d'une intelligence lente, mais
qui portent à la besogne, quand elles veulent
travailler : l'âpre patience du bœuf. Il me
semble que j'en ferais quelque chose si l'on
me laissait libre. Le malheur est que l'administration qui nous confie des classes n'a
aucune confiance en nous. Elle entend que
nous ne soyons qu'un des rouages de cette

grande machine que l'on nomme Université.
Nous recevons le mouvement d'en haut ; nous
devons le transmettre à nos élèves avec une
aveugle régularité. On nous garotte de règlements qui nous enlèvent toute liberté d'action. J'ai entendu conter qu'un ministre de
l'Instruction publique, causant avec un grand
personnage, tira sa montre et lui dit avec
satisfaction :

» — Il est deux heures trois quarts ; en
ce moment on dicte un thème latin dans
tous les lycées de France.

» L'idéal eût été pour lui qu'on dictât le
même thème latin. On y arrivera quelque
jour. On nous prescrit l'ordre et la forme
de nos explications, on nous enferme dans
d'étroits programmes, et l'on nous impose
même la façon de les entendre et de les
présenter. A quoi bon avoir, dans cette terre
chaude de l'École normale, poussé notre
intelligence par tous les procédés d'une cul-
ture intensive, si c'est pour nous imposer

ensuite une besogne qui n'en demande
aucune ? A quoi bon nous apprendre la
musique pour nous jeter après dans une
classe comme une serinette.

» Je suis très-nouveau dans l'instruction,
et il peut se faire que je me trompe. Mais
je remarque qu'un homme n'enseigne bien
que ce qu'il a trouvé lui-même. Pour forcer
l'attention des enfants et agir sur leurs
esprits, il faut une foi vive, une chaleur de
cœur que l'on n'a point pour les idées des
autres. Une méthode générale, si bonne
qu'on la suppose, ne supplée jamais à
l'action personnelle du professeur; le professeur, au contraire, supplée à l'absence de
toute méthode.

» Pourquoi lui en imposer une qui soit
inflexible? Pourquoi le tracasser sans cesse
au nom des règlements, comme si les règlements ne devaient pas céder à l'intérêt
supérieur des élèves? Pour moi, tu sais
mon impuissance à m'occuper d'autre chose

que de ce qui m'intéresse sur le moment.
J'ai beau emporter mes élèves dans le courant de ma passion, le proviseur n'entend
pas de cette oreille. Ce sont des remon-
trances sans fin.

» Ces messieurs ont l'air de penser que si
je suis une machine à distribuer la science,
les élèves sont des machines à la recevoir.
L'administration ne tient compte ni de mes
goûts ni des leurs. Elle s'applaudit de l'ordre
matériel qui règne dans les lycées, et ne
s'inquiète point que cet ordre soit celui d'un
cimetière, où les cadavres reposent les uns
à côté des autres, dans la paix du tombeau.

» J'entends souvent opposer le séminaire
au lycée ou, pour user de plus grands mots,
l'instruction religieuse à l'instruction laïque.
Il devrait y avoir, en effet, un abîme entre
ces deux systèmes. Au séminaire, le maître
dit à ses disciples : « Acceptez et croyez. »
Il parle au nom de Dieu. Au lycée, le professeur devrait dire : « Cherchons ensemble

et trouvons. » Il faudrait qu'au lieu d'habituer les jeunes hommes à recevoir la science toute faite, il les excitât à la chercher eux-mêmes; qu'il se prît de bonne heure à cultiver chez eux cette précieuse fleur du libre-penser, si délicate, si chétive, d'une acclimatation si laborieuse. Mais ceux qui gouvernent l'enseignement laïque semblent avoir peur de rompre résolûment avec les habitudes cléricales. Ils tremblent devant cet esprit moderne, dont leurs lycées, à moins de n'être plus que de faux séminaires, devraient aviver la flamme.

» Elle brûle pourtant, cette flamme sacrée; elle se fait jour et brille à travers la cendre des règlements, et rien ne pourra plus l'éteindre. C'est nous qui l'entretiendrons tout bas avec une énergie sourde, mais indomptable. Il y a une chose qui échappe aux regards des administrations les plus défiantes, que nulle force humaine ne saurait saisir ni contraindre, c'est l'invisible souffle qui

tombe des lèvres d'un homme de foi sur les
âmes ardentes; c'est la langue de feu des apô-
tres. Je me moquais autrefois, quand on nous
disait, non sans une certaine emphase, que
le professorat est un sacerdoce : je ne ris
plus aujourd'hui. Vois-tu, mon ami, n'eussé-je
arraché qu'un seul esprit au malheur de
ne point penser par soi-même, n'eussé-je instruit qu'un seul de mes élèves à aimer le
vrai et à ne croire que sur bonnes preuves,
n'en eussé-je élevé qu'un seul à la dignité
d'homme, je m'en irais content; ma vie
n'aurait pas été perdue.

» Je t'embrasse en Voltaire.

» ÉTIENNE MORET »

On voit qu'à cette date le ressort n'avait
pas encore faibli chez notre camarade. Après
tout, les épreuves qu'il subissait d'un cœur
si contrit, c'étaient les mêmes auxquelles
nous étions exposés, et nous nous en tirions
tous assez gaillardement. Peu à peu le ton de

ses lettres devint plus chagrin : on y sentait
monter le flot du découragement. J'en donne
une dernière, qui doit être de mars ou d'a-
vril; elle montrera le progrès qu'avait fait
le mal.

« Rodez.

» Mon cher ami,

» J'ai des ennuis et des ennuis de toutes
sortes. La vie qui n'a jamais été couleur de
rose pour moi, devient bien noire depuis
quelque temps. C'est ma faute encore plus
que celle des événements; je le sens bien et
n'y puis que faire. Je ne suis pas taillé pour
la lutte. Je ne trouve pas en moi assez d'é-
nergie ou pour dompter ce que notre ami
le philosophe appelait les forces contraires,
ou pour m'y résigner sans en trop souffrir.

» Je suis plus mal que jamais avec l'administration; le proviseur se plaint des irré-
gularités de mon enseignement, le censeur,
de l'indiscipline de ma classe. Je ne te fati-
guerai pas de détails qui sont misérables;

mais tu sais que les coups d'épingles, sans
cesse répétés, finissent par être horriblement douloureux. Ces deux hommes en ont
lardé mon existence. La classe, qui m'amusait, m'énerve et me tue. C'est une triste
chose de ne plus aimer le métier que l'on
fait. Le nôtre veut surtout qu'on s'y intéresse.

» Un épicier peut s'ennuyer tout son soûl,
en servant la pratique; un bureaucrate, en
taillant ses plumes; un magistrat, en écoutant des plaidoiries; un officier, en passant
l'inspection ; un rentier, en se chauffant au
soleil; mais nous, il faut que nous soyons
toujours sur la brèche. Nous avons en face
de nous trente ennemis qui nous surveillent;
le moindre moment d'absence est aussitôt
surpris, voilà tout ce petit monde en l'air.
Que te dirai-je? Hier j'avais pris, je ne sais
pourquoi, mon parapluie, car il faisait très-
beau. Je dépose, dans un coin de la classe,
en entrant, ce meuble patriarcal qui était

alors aussi sec qu'un vers de Ponsard. Je
vais le reprendre à la fin de la leçon. Il était
mouillé, trempé, de longs ruisseaux coulaient tout autour; les élèves riaient mali-
gnement.

» Le croirais-tu? quelques-uns de mes collègues me haïssent. Ce pauvre diable à qui
j'ai prêté je ne sais combien de pièces de
vingt francs, que j'aimais pour le bien que
je lui avais fait, à qui j'en aurais fait encore,
si ma bourse n'eût pas été vide, eh bien! il
s'en va partout disant pis que pendre de moi.
Il m'en veut; il m'en voulait même avant
de me connaître. Je suis professeur de rhétorique; c'est tout mon tort. Il comptait,
quand la place est venue à vaquer, qu'on
l'attribuerait au professeur de seconde, et
qu'il y aurait dans le lycée une série d'a-
vancements dont il eût profité. Je suis tombé
sans le savoir au milieu de ces rêves et les
ai mis en déroute. Je ne suis plus qu'un
intrus, un intrigant. Ces petitesses me

navrent. J'en suis honteux pour la nature humaine.

» Je n'ai pour moi, au lycée, que le père Mignoret qui n'entre jamais dans aucune cabale, et notre ancien camarade Foyon. Tous deux m'ont donné de bons conseils, l'un pour le plaisir de les donner, l'autre par amitié vraie. Mais je suis incapable de les suivre. Je me fais partout des affaires.

» Je sais, à n'en pouvoir douter, qu'il est arrivé sur mon compte, à l'administration, des plaintes et des dénonciations anonymes dont elle a tenu bonne note, sans m'en rien dire. Car c'est assez son usage de nous condamner sur des bruits de petite ville sans nous entendre. Les commérages des méchants et des imbéciles ont toujours raison contre nous; la femme de César ne doit pas être même soupçonnée. Je m'en vais rompre définitivement avec un monde qui m'excède, et pour lequel je ne me sens pas fait.

» Foyon m'y a servi d'introducteur, et je

8.

t'avouerai que, malgré des répugnances secrètes et une excessive timidité, je me suis
prêté avec quelque empressement à l'y suivre.
J'étais bien aise de connaître la société provinciale. Il a d'abord fallu me refondre,
car je n'avais avec Brummel, chanté par
Barbey d'Aurevilly, qu'une lointaine ressem-
blance. J'ai appris à faire un nœud de cravate. Dame ! tu comprends qu'il ne s'agit
pas de ces nœuds finis, perlés, artistiques,
qui portent le désordre dans le cœur des
femmes. C'étaient des nœuds suffisants ; ils
me suffisaient tout au moins. J'ai eu des
bottes si justes et si vernies que je rougissais
de me les mettre aux pieds ; je m'en serais
fort bien servi comme de gants. Mais j'avais
des gants ! j'étais fort présentable, je t'assure.
Je n'ai pourtant obtenu qu'un succès médiocre
et peu en rapport avec ce déploiement de
luxe babylonien. Je me sentais gauche sous
l'enveloppe où j'étais logé par hasard. Au bal
du préfet, j'ai eu le malheur de glisser sur

un parquet trop bien ciré, et ma danseuse (je
dansais, mon ami, et si l'on m'y reprend !...)
ma danseuse est tombée sur moi ou sous
moi, je ne sais lequel ; l'effet de cette chute
a été désastreux et mon prestige s'en est
considérablement amoindri. Je ne suis plus
entré depuis lors dans un salon sans voir
toutes les jeunes filles se pousser du coude,
chuchoter, sourire, en me jetant à la dérobée
un coup d'œil malicieux.

» Mes débuts chez madame Marest n'ont
pas été plus heureux : madame Marest joue à
Rodez, toutes proportions gardées, le rôle que
madame Labaudraye, la muse du département, tenait à Chinon dans l'admirable roman
de Balzac. C'est une Parisienne tombée en Au-
vergne par le hasard d'un mariage d'argent.
Elle a ouvert un salon pour se désennuyer.
Les fonctionnaires d'un certain ordre y sont
admis assez aisément ; mais le fond est composé d'hommes du pays qui viennent tous
les soirs jouer une partie de whist et prendre

une tasse de thé. Les idées de la province ont rapidement envahi ce salon et les femmes qui le gouvernent. Elles y règnent aujourd'hui ; les gens de la colonie qui n'y sont que de passage, doivent prendre le plus grand soin de ne pas les heurter. Foyon m'avait mis en garde contre ma maladresse ordinaire. Mon astre a été plus fort que tous les conseils.

» Le premier soir, un petit monsieur très-sec, très-pincé, et que j'ai su depuis être un substitut, se mit à parler de M. Michelet et de son *Histoire de la Révolution,* dont le quatrième volume vient de paraître. Il dit, sur l'un et sur l'autre, mille sottises. Un grand, gros, gras abbé, qui se mouche avec une insupportable hauteur et passe dans ce milieu, grâce à sa robe, pour un homme d'esprit, lui renvoie la balle. Tous deux mettent le livre en pièces. Ils n'en avaient pas lu un traître mot ; cela était évident pour moi. Cette outrecuidance et ce ton tranchant m'é-

chauffent les oreilles. Je prends la parole
à mon tour. Toute la compagnie me regarde
comme si j'arrivais du Congo. Il semblait
que je fusse une bête curieuse. L'abbé gras
avait prétendu, entre autres balourdises, que
Michelet excusait les massacres de septembre,
et il était parti de là pour une diatribe
pieuse contre les incrédules, qui sont tous des
buveurs de sang. J'ai par bonheur une ex-
cellente mémoire. Je lui rétorque, mot pour
mot, et sans en changer une syllabe, tout
une page du livre, qui lui clôt le bec. Trois
jours après, j'étais mandé chez le recteur
pour rendre compte de mes opinions, tant
politiques que religieuses, lesquelles étaient
téméraires, malsonnantes, et peu compati-
bles avec mes fonctions.

» Ce fut mon début chez la muse de l'A-
veyron. Je ne tardai pas à faire une autre
école qui m'a pour jamais dégoûté des salons
de province.

» Rodez manque d'eau. Comment les in-

digènes s'en sont-ils aperçus, du diable si
j'en sais rien ! La vie est pleine de mystères.
Il s'agissait d'en aller chercher à quelques
lieues de la ville, en détournant des sources
qui jaillissent des montagnes voisines. Les
ingénieurs avaient fait leurs plans, qui
allaient être approuvés, quand le hasard
voulut qu'un bon bourgeois qui creusait
un puits dans son jardin, rencontrât sous
la pioche de ses ouvriers une espèce de vieille
maçonnerie qui l'intrigua fortement. C'était
un antiquaire. Tu sauras qu'en province les
antiquaires sont de terribles gens, qui pon-
dent des dissertations de cinq cents pages à
propos d'un tesson de bouteille qu'ils font
remonter à Romulus.

» Le nôtre tourna tant et si bien autour
des pierres mises à découvert qu'il finit par
flairer un aqueduc. Un aqueduc ! quelle trou-
vaille ! un aqueduc romain ! Ce travail retrouvé
miraculeusement prouvait une foule de choses
importantes, dont la première était que les

Romains, ce peuple sans pareil, avaient jadis voulu doter Rodez d'une provision suffisante d'eau potable, et qu'ils y avaient réussi au moyen d'un aqueduc.

» La Société des antiquaires s'était émue de cette découverte; elle avait fait en divers endroits exécuter des fouilles; il n'y avait plus à en douter : l'aqueduc romain n'était pas un mythe; il avait traversé une vallée considérable, et l'on retrouvait encore dans quelques débris amoncelés les restes des culées du pont qui avait dû servir de lit à la rivière artificielle. Tu imagines la joie des archéologues et les torrents d'encre que fit couler cette découverte.

» Tous les journaux prirent parti : ils prouvèrent que Rodez serait perdue d'honneur, si elle buvait l'eau vulgaire qui aurait passé par le siphon des ingénieurs modernes; sa gloire exigeait que l'on rétablît l'aqueduc dans ses proportions monumentales; et quelle eau après cela la ville aurait à boire!

car c'est que les Romains étaient de fins
gourmets sur l'article ! Ce n'est pas à eux
que l'on eût fait prendre de l'eau de rivière
pour de l'eau de source ! Ils distinguaient
les nuances des différentes eaux avec la
même sûreté d'appréciation qu'un dégusta-
teur de Bercy prononce entre les différents
crus soumis à son docte jugement.

» Ai-je besoin de t'apprendre que la ville,
sur cette question, se sépara en deux fac-
tions aussi ennemies, aussi intraitables que
ne furent jamais celle des bleus et des verts,
sous le Bas-Empire ? L'administration presque
tout entière tenait pour le projet des ingénieurs, qui était plus commode et coûtait
moins d'argent. Les âmes poétiques et les
cœurs sensibles ne voulaient boire que de
l'eau où s'étaient abreuvés ces vieux Romains
qui avaient conquis le monde. Il était impossible que l'on n'y retrouvât pas la saveur
et le parfum de leurs vertus antiques. Le
salon de madame Marest s'était prononcé

tout entier, énergiquement, en faveur de l'aqueduc. Un des beaux-esprits qui y tenaient le haut bout de la conversation avait déclaré que les séides des ponts et chaussées étaient des iconoclastes : il les avait flétris de ce nom.

» Tu penses que, dans la solitude où je vis, j'ignorais ces détails ou ne les connaissais que fort vaguement. L'entretien, par un hasard qui se renouvelait tout les soirs, vint à tomber sur les ridicules prétentions des ingénieurs, gens abrutis par l'étude des mathématiques, et qui se croient la science infuse, parce qu'ils ont passé trois ans à piocher les x à l'École polytechnique.

» J'aurais dû cent fois me taire, ne sachant rien de la question, qui m'était des plus indifférentes. Mais il y a des heures dans la vie où l'on est poussé par je ne sais quel démon qui vous souffle des sottises à l'oreille.

» Je me mis à soutenir cette thèse absurde,

extravagante, immorale, que les ingénieurs
français prenant leur eau aux mêmes sources
où l'avaient puisée les Romains, puisqu'il
n'y en avait pas d'autres, cette eau serait
toujours la même, qu'elle s'engouffrât sous
terre dans de vastes siphons, ou qu'elle
coulât en plein air, à la face du ciel, sur
un vaste aqueduc; qu'il n'y avait donc à
s'occuper que du prix de revient...

» J'étais si échauffé de mes propres paroles que je ne cherchais pas à en suivre
l'effet sur les visages de mes auditeurs. Je
fus interrompu par un ricanement amer :
c'était l'inventeur de l'aqueduc qui, blessé
dans son amour-propre, prenait la parole :
— Il est aisé, dit-il, de reconnaître à de tels
sentiments cette nouvelle école de jeunes professeurs qui ne croient qu'à la matière, et y
tiennent leurs pensées servilement attachées.
Apparemment que monsieur, comme beaucoup de ses jeunes collègues, ne croit pas à
l'immortalité de l'âme?

» Le ciel m'est témoin qu'il n'y avait aucun rapport d'aucune sorte entre la doctrine de l'immortalité de l'âme et la question de savoir si un siphon est préférable à un aqueduc. Mais j'eus la niaiserie de donner en plein dans le panneau qui m'était tendu, et me croyant encore à l'École normale :

— » Et quand même, m'écriai-je, je ne croirais pas à l'immortalité de l'âme !...

» Une exclamation générale, un oh! d'indignation, qui s'éleva à la fois de tous les coins du salon, m'arrêta net sur les lèvres le reste de la phrase. La maîtresse de la maison sonna précipitamment pour demander le thé, et fit diversion en préparant les tables de whist.

» Trois jours après, j'étais mandé chez le recteur, qui se récria sur l'inconvenance que j'avais commise, en faisant, devant vingt personnes, une profession de foi matérialiste. J'eus beau m'en défendre, protester, rétablir les faits : que peut la parole d'un pauvre fonctionnaire contre la dénonciation d'un homme noir, qui a toujours l'évêque derrière lui ?

» — Prenez garde! m'a dit en me congédiant ce pied plat, faiseur de phrases, prenez garde! l'Université a l'œil sur vous! je vous pardonne encore cette fois, parce que vous êtes jeune, et qu'elle aime mieux dans sa miséricorde la conversion que le châtiment du pécheur... Mais n'y revenez plus, Monsieur, ou, je vous en avertis, vous seriez brisé comme verre.

» En d'autres temps, cette menace, qu'il est homme à mettre à exécution, m'eût fait trembler pour ma place. J'en suis si dégoûté à cette heure que je ne sais pas si je n'accueillerais pas la nouvelle de ma destitution avec un soupir de soulagement.

» Je suis à bout de courage et de force.

» Ton vieil ami.

» ÉTIENNE MORET. »

On voit par ces plaintes que la vie qui lui
était faite commençait à peser lourdement
à notre camarade. Il ne disait pas tout. Il y
avait bien des choses dans sa lettre qui n'é-
taient qu'indiquées et que notre habitude du
métier nous aidait à pressentir. Ce malheureux garçon était incapable de tenir
une classe. Ah! la discipline! la discipline! qui saura dire jamais ce qu'elle
coûte à maintenir, quand on n'a pas reçu
de la nature le don inestimable de l'autorité?
Il y a des professeurs qui n'ont qu'à se montrer dans une classe qui ne les connaît pas;
tout le monde se range et obéit. Ce ne sont
pas toujours les meilleurs maîtres; j'en sais
qui étaient de purs imbéciles, et dont la
vue seule imprimait à quarante mauvais
drôles le respect ou la terreur.

Il y en a d'autres qui sont instruits, dé-
voués, tendres, spirituels même, et qui au bout
de huit jours sont débordés par leur classe.
Elle jouerait au cheval fondu sur leur dos.

C'est en vain que l'infortuné professeur veut ensuite, à force de pensums effroyables, ressaisir l'autorité perdue, c'est en vain qu'il se répand en objurgations et en plaintes; qu'il fait des appels à la sensibilité, qu'il presse, prie et supplie; autant en emporte le vent.

Les bons élèves mêmes, ceux qui l'estiment et qui l'aiment, sont entraînés par la contagion de l'exemple; ils ne l'écoutent plus et lui font des niches. Le mal va toujours croissant jusqu'à ce qu'il devienne intolérable.

Le visage et la tournure d'Étienne Moret n'étaient pas faits pour imposer beaucoup à ce peuple d'écoliers gouailleurs. On l'avait tâté d'abord.

Il y a toujours, dans toute classe, deux ou trois mauvais sujets qui se chargent de cette besogne. On lui avait joué de petites farces d'écolier.

Étienne Moret, qui était bon enfant, en

avait ri le premier. Grave faute! Il faut avoir
la main très-ferme et être bien sûr de soi
pour badiner avec ses élèves. Le rire est, de
sa nature, irrespectueux.

Un jour Moret avait aperçu un des can-
cres de sa classe profondément enfoncé
dans le livre placé sur ses genoux. Cette ardeur à l'étude ne lui sembla pas naturelle :

. — Apportez-moi le volume que vous li-
sez, lui dit-il.

L'élève, en effet, était plongé dans la lecture des *Trois mousquetaires*, d'Alexandre
Dumas, qu'il tenait ouvert sur son *Virgile*,
ouvert lui-même à la page de l'explication.
Sur la sommation du professeur, il prit le
Virgile qui était dessous et le jeta à la dérobée, mais de façon à être vu, sous le banc,
et se mit en devoir d'apporter, d'un air
très-penaud, le roman à la chaire du professeur.

Moret avait surpris le mouvement, et

quand le farceur lui tendit les *Trois Mousquetaires* :

— Non, monsieur, pas celui-là... l'autre...
celui que vous avez jeté sous le banc.

— Mais je vous assure, Monsieur, que c'est
celui-là...

— On ne m'attrape pas..... allez me
chercher l'autre.

Après bien des façons, l'élève alla chercher
le volume demandé. C'était, en effet, le classique *Virgile*. Toute la classe pouffait de
rire. Moret se sentit gagner à ce rire universel; il éclata et dit d'un air de résignation comique :

— Allons! le tour est bien exécuté! re-
tournez à votre place et ne recommencez
plus. Je n'y serai pas attrapé deux fois.

C'est ce qui le trompait.

Le lendemain, il prit un de ses écoliers
en flagrant délit de lecture prohibée; on
lui joua la comédie inverse. On jeta sous le
banc le livre défendu, et on lui apporta le

Virgile qu'il accepta sans malice ; et il eut le tort de paraître une seconde fois s'amuser de la niche qui lui était faite.

Il lui fut désormais impossible d'opérer la moindre saisie. Toute la classe se tordait de rire et poussait des cris inarticulés. L'ap-portera ! l'apportera pas ! et mille autres plaisanteries aussi sottes. Elles avaient commencé par être comiques, elles ne tardèrent pas à devenir méchantes. C'est La Fontaine qui a dit que cet âge est sans pitié. Le mot n'est vrai des enfants que lorsqu'ils sont réunis plusieurs ensemble.

On vient encore à bout d'un élève en s'a-dressant à sa raison ou à son cœur. La crainte seule maintient vingt écoliers qui, si on leur lâche la bride, deviennent les plus malfaisants singes de la création. Ils s'excitent les uns les autres, et c'est à qui inventera les tours les plus damnables. Quel-ques-uns déploient en ce genre une activité d'esprit et une fécondité de ressources qui

9.

les mèneraient loin s'ils les appliquaient aux travaux réguliers de la classe.

Un matin, notre ami Moret arriva, horriblement enrhumé, dans sa classe, et comme son habitude était de rester en classe tête nue :

— Messieurs, dit-il avec beaucoup de politesse, je suis un peu souffrant, je prendrai la liberté, si vous le voulez bien, de garder ma toque.

Le brave garçon n'avait nul besoin de permission, puisque la toque du professeur comme celle de l'avocat, jouit d'une immunité que ne possède point le chapeau. Mais il n'avait pas plus tôt coiffé sa toque qu'un de ses élèves se leva :

— Puisqu'il en est ainsi, dit-il tout haut en gouaillant, je ne vois pas pourquoi je serais plus poli que mon professeur.

Et il se planta sa casquette sur la tête, et toute la classe l'imita.

— Je vous ferai observer, Messieurs, dit

Moret d'un ton de voix qui eût attendri des tigres, que je suis enrhumé.

—Nous aussi! cria toute la classe.

— Voilà qui est différent!

Et il commença sa leçon au milieu des rires étouffés de ses quarante gamins. Quand par un mouvement machinal il ôtait sa toque, quarante bras se levaient en même temps et quarante casquettes étaient posées sur le banc; s'il éternuait, quarante éternûments lui répondaient à la fois.

—Mais, Messieurs... objectait-il doucement.

—Tiens! on n'a plus le droit d'être enrhumé, alors! vous l'êtes bien, vous!

Conterai-je le sable mêlé à l'encre de son écritoire, les épingles enfoncées dans sa chaise, les grains de poudre cachés dans le poêle, les boulettes de papier mâché envoyées au plafond, pour y tenir en suspens des silhouettes égrillardes, les singes dessinés sur tous les murs avec des devises insultantes, toutes les farces classiques, dont

la plupart d'entre vous ont sans doute
gardé le souvenir dans leur mémoire? Aucune ne fut épargnée à notre camarade. Il
lui avait échappé un jour de leur dire :
« Vous êtes bien fatigants avec tous ces
lazzi. » Ce mot de lazzi les avait amusés,
et comme Moret était de taille courte, ils
l'avaient tout aussitôt surnommé : lazzi mi-
neur. Ce sobriquet, sous forme de calem-
bour, était un texte perpétuel de plaisanteries détournées, dont le pauvre Moret ne
pouvait saisir le sens. Commençait-il à expliquer un texte latin : *ad Ephesum*, disait-il...

— Pardon! Monsieur, interrompait un
élève, seriez-vous assez bon pour me dire
dans quelle province se trouve Éphèse?

— Mais vous savez bien, répondait ingé-
nûment le professeur, qu'Éphèse est une
ville de l'Asie Mineure!

L'Asie Mineure! A ce mot, toute la classe
poussait de formidables éclats de rire et
imitait tous les cris d'animaux qu'entendit

l'arche de Noé. Le malheureux insistait ; il
demandait tantôt avec un air de dignité
blessée, tantôt d'un air de bienveillance
humble, ce qu'il y avait de si drôle dans
ces deux mots de l'*Asie Mineure*, et la classe
repartait de plus belle.

C'est assurément un métier fort dur que
de scier des pierres ou d'en casser sur la
route ; ramasser des chiffons dans la rue
ou la nettoyer de ses ordures n'est pas non
plus un état agréable ; mais j'aimerais mille
fois mieux être scieur de long, cantonnier,
chiffonnier ou balayeur, que de faire la
classe quatre heures par jour à d'abominables petits gredins dont je ne serais jamais
le maître. Réfléchissez un peu ! quatre heures
par jour en face de quarante paires d'yeux
ennemis, qui saisissent le moindre oubli au
vol, pour vous le faire payer par quelque
mauvais tour ! Et se dire : Ces enfants ne
sont pas méchants au fond ! je pourrais leur
être utile ; je me sens pour eux une affec-

tion vraie, un désir sincère de les instruire,
et ils ne veulent pas. Ils écoutent l'imbécile
d'à côté; et moi, ils me jetteraient des tro-
gnons de chou! Que leur ai-je fait, pour
être ainsi traité par eux? car enfin ma
place, mon avenir, ma vie est entre leurs
mains; ils me feront destituer; ils me ré-
duiront à la misère. Et pourquoi?

Un jour ce flot de pensées monta au cœur
d'Étienne Moret avec une intensité si douloureuse que les larmes lui jaillirent des yeux.
Oui, devant ce tapage infernal des pieds re-
mués en cadence par toute une classe, il
pleura. Le croiriez-vous? ces petits monstres
se mirent par dérision à pousser des gémis-
sements tels que les tragédies grecques en
prêtent à leurs héros : oi, oi, oi! olola! Ces
plaintes proférées en cadence, s'appellent en
grec un *trênos* ou un *olophurmos*, en sorte
qu'à partir de cet incident il suffit qu'un
élève se levât dans la classe et dît à haute
voix : — Messieurs un trênos! pour qu'aussitôt

ce fût un concert de cris à percer tous les murs, à troubler le silence des classes environnantes, à monter jusqu'aux appartements du proviseur.

L'éducation cléricale n'est pas exposée à cet inconvénient. Lorsque, au séminaire, un professeur qui tient mal sa classe la fait bien, on lui adjoint un surveillant qui n'a d'autre besogne que de maintenir la discipline. L'Université n'est pas assez riche pour payer ces suppléants aux maîtres sans autorité. Foyon se désespérait de voir chez son ami tant de bonnes qualités gâtées et perdues par cette incurable faiblesse. Il l'accablait de bons conseils. Mais que peuvent les conseils en semblables affaires ? La peur se corrige-t-elle ? dit La Fontaine.

— Laisse-moi, lui disait Moret, je ne suis pas fait pour ce métier, ni pour aucun autre. Je ne suis bon à rien. Que maudit soit le jour où l'on m'envoya au collége, où l'on éveilla chez moi des aspirations qui ne devaient

jamais être satisfaites ! Ces polissons ont
raison de me caricaturer sous la figure d'un
babouin. Je ne suis qu'un singe, chez qui
l'on a par mégarde versé des appétits et des
sentiments d'hommes.

On ne pouvait malheureusement offrir à
cette trop juste douleur que ces consolations
banales, ces vains compliments qui n'ont
jamais porté remède à aucun chagrin. Les
heures qui suivaient cette horrible corvée
de la classe n'était pas moins tristes pour
notre pauvre ami.

Les fonctionnaires, dont la plupart ne sont
pas mariés... comment le seraient-ils? ce sont
les nomades de la civilisation, et comme ils
sont chaque jour exposés à recevoir un changement, ils n'ont garde d'embarrasser leur
vie de ces *impedimenta* que l'on appelle une
femme et des enfants. Un célibataire n'a
qu'à boucler sa malle, et en route! Je m'é-
tonne que la *Revue des Deux-Mondes* n'ait
pas encore fait un article bourré de chiffres

sur ce sujet : *De l'influence du fonctionnarisme sur la dépopulation en France*. Le fonctionnaire reste garçon, par nécessité, jusqu'à trente-cinq ans. Passé cet âge, il l'est par habitude, par goût. Si la vie provinciale n'était pas si prodigieusement ennuyeuse, il ne s'en marierait pas un seul.

Les fonctionnaires n'ont donc pas de chez eux, et ils se réunissent d'ordinaire par groupes, pour constituer des tables d'hôtes particulières, dans des hôtels qui ont cette spécialité. Quelquefois ils font prix avec quelque brave femme du pays qui s'engage à leur donner une nourriture bourgeoise, à leur rendre le bouilli paternel agrémenté du persil classique.

C'est cette dernière combinaison qu'avaient choisie les professeurs de Rodez; le père Mignoret n'était pas de la table; il trouvait plus d'économie à manger chez lui. Foyon n'y venait que rarement; ce fut un grand malheur pour Étienne Moret que l'absence

de ces deux hommes, qui avaient de la sym-
pathie pour lui et de l'autorité sur leurs collègues.

Il n'y a peut-être pas d'endroit au monde
où les esprits se rapetissent plus vite et s'ai-
grissent plus aisément qu'à une table d'hôte
en province. La conversation devient bientôt
étroite et haineuse. On pourrait croire que
des hommes instruits, distingués, forcés de
se réunir tous les jours à des heures fixes,
en profiteront pour s'éclairer ou pour se ré-
jouir les uns les autres, qu'ils mettront sur
le tapis des questions générales, et se plai-
ront à les discuter avec autant de bonne grâce
que de force. Il n'y a pas d'entretiens plus
terre à terre que ceux qui s'engagent tous
les jours entre les commensaux d'une table
d'hôte. Comme ils sont tous à peu près dans
la même boutique, ils ne savent parler que
de cette boutique. Les misères du métier leur
sont des sujets perpétuels de doléances, et
ils se répandent sans cesse en plaintes et

en récriminations sur des vétilles qu'ils gros-
sissent à plaisir.

C'est là que l'on comprend le sens profond
du mot fameux : *maledicere de priore*. Dire du
mal. du prieur était l'occupation des moines
du vieux temps au réfectoire. Le provisour
et le censeur défrayent quatre dîners sur
cinq. On s'égaye sur leurs petits ridicules,
sur leurs querelles mesquines, sur une re-
montrance, toujours injuste, faite par l'un
d'eux. On les affuble des épithètes les plus
ignominieuses. Quand ce sujet est épuisé, on
y revient, on s'y enfonce, on y barbote; on
ne s'en lasse point. Les moindres piques
dans ce milieu rétréci deviennent des affaires.
La passion, n'ayant plus où se prendre, se
rabat sur les plus minces objets; les querelles s'éternisent et traînent à leur suite des
bouderies sans fin.

L'esprit (celui même des gens d'esprit) y
est de qualité médiocre. Ce n'est pas pour
rien que le mot de table d'hôte fait invaria-

blement penser à l'esprit des commis-voya-
geurs. Les mêmes incidents ramènent tous
les jours les mêmes plaisanteries, et ces plaisanteries sont presque toujours d'énormes
calembours, à moins qu'elles ne soient, ce
qui est pis encore, de simples ordures. Là,
ce n'est pas la gaieté fine et aimable qui
est la mieux goûtée. Il se trouve toujours
quelque garçon de verbe haut, criant avec
force gestes tout ce qui lui passe par la tête,
riant d'un gros rire, apostrophant tout le
monde, et dont la verve épaisse amuse. C'est
lui qui donne le ton. Les trois quarts du
temps il cherche dans la société quelque
bonne bête à bon Dieu, quelque pauvre souf-
fre-douleur, quelque infortuné *patito* pour
passer sa joviale humeur.

Mon pauvre Moret était tout propre à jouer
ce déplorable rôle de plastron. Avec sa figure
de macaque, c'était un agneau sans défense.
A cette table d'hôte, comme dans sa classe,
il eut le tort de ne pas riposter vertement

aux premières railleries qui lui furent adres-
sées, de ne pas les clouer par un mot net
et froid sur la bouche des mauvais plaisants.
Il s'offrit aux coups avec l'innocence d'un
cœur d'or. Il courut au devant. Ce fut Lorisseau, le gandin, qui commit la mauvaise
action d'attacher le grelot en cette circonstance. Un jour que l'on parla femmes — on
parle, hélas! trop souvent femmes en ces
agapes d'auberge — Lorisseau trouva plaisant
de raconter les amours de son camarade
Étienne Moret avec la petite fille chez qui
il s'en allait, tous les dimanches, manger
du miroton aux oignons. Ce miroton fournit à une foule de saillies fort grossières; il
devint l'occasion d'une de ces plaisanteries
prolongées, que l'on appelle des *scies* en style
d'atelier. Il n'y eut plus sur la table un plat
manqué, qu'on ne le réservât à Moret, qui
adorait le miroton, et toute la table reprenait en chœur :

Miroton, ton, ton, mirotaine.

Il faut bien croire que l'ennui rend les
hommes féroces et lâches autant que bêtes,
car dans cette réunion il n'y en eut pas un
qui se sentît le courage de prendre la défense
d'un pauvre diable, incapable de se protéger
lui-même. Les meilleurs s'abstenaient de
prendre part à cet hallali; mais ils en riaient
sottement, par compagnie.

C'est le propre de ces taquineries, dirigées
contre un individu faible, de renchérir toujours les unes sur les autres et de devenir
sans cesse plus cruelles. On savait que ce
malheureux garçon avait aisément le cœur
près des lèvres, et l'on contait exprès des
histoires immondes, pour l'empêcher de dîner. Il avait l'habitude, en causant, de rou-
ler des mies de pain sous ses doigts. On les
recueillait précieusement et on les lui versait
dans son potage. Il avait un jour soutenu
cette thèse philosophique que la substance
peut exister indépendamment de ses attributs,
que la rose dépouillée de sa forme, de son

parfum et de sa couleur est encore une rose,
la rose en soi. C'était Lorisseau qui découpait
à table ; il râclait avec soin l'os de gigot et
le mettant sur l'assiette d'Étienne : « Mange!
lui disait-il, c'est l'os en soi. »

Et le brave garçon soupait ce soir-là d'un
bon mot.

Ce ne sont là, je le sais bien, que des
coups d'épingles. Mais est-ce une vie que
d'en être lardé tous les jours des pieds à la
tête! Mieux vaudrait un coup de poignard.
Moret, sous ces assauts répétés de la fortune,
se repliait en lui-même et tournait à une
mélancolie sourde. Mais ce qui montre bien
la candeur de cette âme tendre, c'est qu'il
ne sentait aucune haine contre ses persécu-
teurs ; il ne s'en prenait qu'à son insuffisance,
à ce défaut d'équilibre qu'il avait toujours
remarqué en lui.

— Je ne suis pas taillé pour la vie, se
disait-il.

Il finit par abandonner cette table inhos

pitalière, après une mystification un peu plus
forte que les autres, et qui faillit lui coûter
fort cher. On était allé le matin tous ensemble en promenade, sous la direction du professeur de physique, chercher des champi-
gnons que la cuisinière fut chargée d'accom-
moder le soir. Le plat fut trouvé excellent;
après qu'il eut été dévoré (et l'on en avait
servi à Moret une part énorme), Lorisseau
commença à conter des histoires effroyables
de gens empoisonnés par ce dangereux co-
mestible. Les camarades renchérirent sur ces
contes, tant et si bien qu'Étienne commença
à se sentir incommodé. On avait mêlé à son
potage une pincée de poudre purgative.

Un des convives, qui avait le mot, se
prétendit malade et imita les contorsions
du jeune homme empoisonné dans la pièce
de Labiche. Moret, qui souffrait réellement,
crut à un empoisonnement sérieux, et ce
qu'il y a de plus étrange, c'est qu'il en éprouva tous les symptômes. Il se débattit, se

tordit, cria. Les autres ne riaient plus; ils se demandaient si par hasard il se serait trouvé dans le nombre un champignon véné-neux. On appela un médecin; Moret fut deux jours au lit et ne reparut plus. On était allé trop loin.

Étienne, à la suite de toutes ces avanies, se sentit si seul au monde, si déshérité de toute affection, qu'il lui passa par la tête l'idée folle d'une combinaison qui ne pou-vait aboutir. Il avait écrit plusieurs fois à la mère Dumont des lettres très-respec-tueuses et très-tendres, qui étaient faites, on le pense bien, pour être plutôt lues par sa fille, l'aimable Pauline.

Le malheur est que l'aimable Pauline ne savait pas lire. Comme elle ne manquait pas de vanité, elle avait eu l'adresse de lui dérober le secret de ce défaut d'éducation, et l'infortuné garçon se dépitait de n'avoir jamais reçu, pour toute réponse à ses avan-ces, que cinq ou six lignes banales, tracées d'une écriture grossière, et signées de la mère Dumont toute seule.

Il conçut le projet de faire venir à Rodez toute la famille, la mère, la jeune fille et les deux bébés. Il avait fait quelques économies sur son traitement; il pouvait, en donnant des répétitions, l'augmenter d'un bon tiers, le doubler même. Il lui serait donc facile de payer le voyage et l'installation. La jeune fille s'établirait couturière et travaillerait de son état. Il obtiendrait pour les petits la gratuité à l'école primaire. Il se mettrait, comme pensionnaire, chez la mère Dumont, et trouverait moyen, sous ce prétexte, de nourrir tout le monde.

Aucune arrière-pensée de séduction future ne se cachait sous ces arrangements. Le cœur d'Étienne était trop honnête et trop loyal pour concevoir un projet infâme. Tout au plus apercevait-il, dans un avenir lointain, la possibilité d'un mariage. Et pourquoi non? Pauline n'était qu'une modeste grisette; mais lui, était-il donc sorti de la cuisse de Jupiter? Elle était jolie, avenante et gaie; et lui, il se savait si laid! C'est encore lui qui serait l'obligé, si elle consentait à l'aimer un peu et à l'épouser un jour.

Il écrivit à la mère Dumont de sa plus belle encre pour lui faire cette proposition hasardeuse. Il était en proie à l'un de ces accès de découragement où, se sentant enfoncer dans l'abîme, on jette désespérément les mains dans le vide et l'on se raccroche à la plus humble branche.

Il attendit quinze grands jours la réponse avec une impatience qui lui donnait la fièvre. Elle arriva enfin. Elle apportait un refus. La mère Dumont avait longtemps balancé; mais Pauline avait si vivement manifesté sa répugnance à quitter Paris, que l'on s'était décidé à remercier ce bon M. Étienne Moret, qu'on aurait été si heureux de revoir et d'embrasser, et qui devait compter sur la reconnaissance éternelle de

ses amis du quartier Mouffetard. Cette lettre
augmenta encore la mélancolie de notre
camarade : il fut pris d'humeur noire. Il
avait, dans les premiers temps de son installation, songé à faire ses thèses pour le
doctorat, et son choix étant tombé sur
Longin, il en avait commencé une traduction nouvelle. On sait que celle de Boileau
a été convaincue de nombreuses erreurs par
les travaux de l'érudition moderne.

Il s'était mis à ce travail avec l'ardeur un
peu brouillonne qui le caractérisait. Il l'abandonna ; les livres gisaient pêle-mêle sur son
bureau, tout couverts de poussière. L'encre
avait séché dans son écritoire sans qu'il s'en
aperçût. Il passait de longues heures plongé
dans un vaste fauteuil, les pieds appuyés
contre la muraille, à hauteur de poitrine,
rêvant, s'ennuyant. Il ne sentait en lui qu'un
immense dégoût de vivre. Aucun intérêt,
aucun soin n'était capable de le tirer de sa
torpeur ; et, avec cette manie qu'ont la

plupart des lettrés d'appliquer une citation connue à la disposition particulière de leur esprit, il répétait sans cesse les vers de Racine :

Mon arc, mon javelot, mon char, tout m'importune,
Je ne me souviens plus des leçons de Neptune.

La leçon, cette fameuse leçon qu'il avait entendue à l'École sur le suicide lui remontait à la mémoire : certains passages s'en détachaient si distincts dans son souvenir, qu'il lui semblait qu'une voix les lui murmurât à l'oreille.

Un incident, qui devait avoir pour lui des suites encore plus cruelles que tout le reste, fit un moment diversion à ses sombres pensées.

Comme il était tombé malade et qu'il avait passé quelques jours dans son lit, une voisine, prenant en pitié son abandon, était venue obligeamment s'installer à son chevet et le soigner. C'était la veuve d'un chef de bureau à la préfecture, mort avant d'avoir atteint l'âge de sa retraite. Elle était restée, avec une fille sur les bras, en proie à cette misère qui est la pire de toutes : la misère décente, celle que l'on n'avoue pas. Elle vivait du revenu de sa dot, qui avait été fort mince, et d'un secours annuel qu'elle avait arraché à force de démarches à la pitié de l'administration. La fille, à qui les préjugés aristocratiques de la petite bourgeoisie avaient interdit d'apprendre un état, brodait de légers ouvrages de femme, qu'elle vendait en secret à une maison de commerce, et qu'elle vendait, hélas ! à des prix dérisoires. Sa mère n'avait d'autre occupation que de l'aider dans ce travail, quand ses yeux fatigués le lui permettaient. Toutes deux se consolaient de ne pas manger toujours à leur faim en mangeant dans l'argenterie. Les apparences étaient sauvées.

Je n'étonnerai personne en disant qu'il ne s'était jamais présenté de prétendant pour solliciter la main de mademoiselle Voillon, qui n'était pourtant pas plus laide qu'une autre. Elle n'aurait pu épouser qu'un ouvrier; mais ce mariage disproportionné l'eût fait tressaillir d'horreur si on le lui avait proposé. Une fille d'employé ne saurait déchoir à ce point. Elle aime mieux sécher sur pied et coiffer noblement sainte Catherine que de donner à la France des rejetons qui ne soient pas issus, comme elle, de bonne bourgeoisie. Le tiers-état de 89, en chassant les nobles, leur a pris tous leurs préjugés de gentilhommerie et les a accommodés à son usage.

Madame Voillon mère, tout en soignant Étienne Moret, sut provoquer des confidences et des plaintes dont elle fit son profit. Elle pensa que ce garçon déshérité de toute famille et disgracié de la nature, mais pourvu d'un bon emploi, était un mari tout trouvé pour sa pauvre chère Agathe. Il manquait de ressort; mais une fois marié, on aurait de l'ambition pour lui; on le maintiendrait, on

le pousserait. Il avait l'âme trop délicate et
trop fière pour jamais exiger une dot; il ne
demanderait à sa femme qu'une bonne et
solide affection. Il n'était pas beau : mais
un mari avait-il besoin d'être un Antinoüs?
Madame Voillon bâtit mille projets d'avenir
sur la chimère de ce mariage qu'elle voyait
déjà tout proche. Elle connaissait une petite
maison, longtemps restée invendue, que l'on
aurait presque pour rien, où l'on vivrait tous
ensemble, tranquilles et heureux, à l'abri
du besoin.

On pourrait recevoir; on serait invité aux
bals du préfet et aux soirées du receveur
général. Elle exposa ses plans à sa fille, qui
les écouta sans enthousiasme. Mademoiselle
Voillon, qui lisait des romans à ses heures perdues, n'avait point trouvé dans Étienne Moret
l'idéal qu'ils lui avaient promis et qu'elle
rêvait. Elle ne l'avait jusqu'alors que fort
peu regardé; il lui avait fait l'effet d'être
un homme manqué, un avorton, un singe.

L'idée de se voir au bras d'un être aussi
biscornu lui fit tout d'abord froid dans le
dos. Elle refusa tout net. Sa mère lui
remontra avec tant d'insistance les ennuis
du célibat, elle revint si souvent à la charge,
que mademoiselle Agathe déclara, en soupi-
rant, qu'elle se prêterait à l'épreuve; elle
essayerait, elle se forcerait.

Étienne était à cent lieues de soupçonner
les entreprises méditées sur son cœur. Ce
garçon, que la dure réalité aurait dû ramener aux idées pratiques, vivait toujours dans
les nuages de sa pensée. Il ne ressemblait
pas mal au hanneton, attaché par un fil à
la patte, qui tourne, affolé et bourdonnant
dans l'espace, autour du point fixe où il est
ramené sans cesse. Il vit le ciel s'ouvrir,
lorsque, au premier jour de sa convalescence,
madame Voillon lui proposa de le prendre
comme pensionnaire.

— Notre ordinaire, lui dit-elle, est fort modeste; mais nous vous offrons de bon cœur,

ma fille et moi, une place à notre table. A
défaut de plats recherchés et de mets succu-
lents, vous y trouverez des visages amis.
Vous avez surtout besoin d'être aimé; nous
vous soignerons, nous vous dorloterons; vous
serez notre enfant. Je veux être votre mère,
votre bonne mère!

A ce mot, un flot de larmes jaillit des
yeux d'Étienne. Il se jeta au cou de la dame,
l'embrassa en pleurant sur son épaule.

— Je n'ai jamais connu la mienne, lui dit-
il. Personne ne m'a jamais aimé. Vrai! vous
voulez être ma mère?

Madame Voillon avait, comme toutes les
femmes, la larme facile. Elle eût cru faire
tort à sa sensibilité naturelle de n'en pas
verser une provision copieuse en face d'un si
tendre spectacle. Ils pleurèrent tous deux dans
les bras l'un de l'autre. Mademoiselle Voillon,
qui venait chercher sa mère, les trouva dans
cette position. La bonne dame se releva, et
d'un geste théâtral :

— Agathe, dit-elle ; voici mon fils ; traite-le
en frère.

Étienne, par un mouvement instinctif,
tendit la main à cette nouvelle sœur qui lui
tombait du ciel :

— Mets ta main dans la sienne, reprit la
mère avec emphase : c'est celle d'un honnête et loyal jeune homme. Aimez-vous,
enfants ; vous serez la consolation et la joie
de ma vieillesse.

Si Étienne avait été capable de réfléchir,
s'il avait su ce que parler veut dire, il eût
trouvé que l'estimable veuve allait un peu
bien vite en besogne. Mais il était de ceux
qui ne voient pas plus loin que leur nez et
qui l'ont camard. Il ne flaira point de piége
caché dans l'intérêt qu'on lui témoignait
ainsi. Il s'abandonna sans arrière-pensée aux
douceurs de cette affection qui venait s'offrir
à lui.

À partir de ce jour mémorable, il vint
tous les matins à dix heures et demie, et

tous les soirs régulièrement à six heures,
déjeuner et dîner chez la veuve. Peu à peu,
il prit l'habitude d'y rester assez avant dans
la soirée, dégustant le café et bavardant. Il
sentait une sorte de bien-être à s'étirer
l'esprit, qu'il avait tout endolori d'une cour-
bature morale. Il trouvait dans madame Voillon l'auditoire le plus complaisant, le plus
empressé, le plus sympathique.

Elle écoutait ses doléances avec la tendresse d'une mère qui berce les cris de son
enfant. Cette comparaison était un baume
sur les chagrins du pauvre garçon, qui n'avait
jamais goûté, au milieu de ses tracas, un
repos d'âme si profond.

De temps à autre, la veuve charitable invitait quelque ami ou quelque connaissance à
partager le modeste repas du pensionnaire.
C'était pour le distraire de ses chagrins,
disait-elle, et pour lui faire honneur.

Étienne aurait préféré dîner en moins
nombreuse compagnie; il n'en remerciait pas

moins avec effusion sa bienfaitrice de cette
attention délicate. Ces jours-là elle affectait
de mettre le couvert de sa fille près de celui
d'Étienne. Quand il lui arrivait de verser
à boire à sa voisine, elle s'extasiait tout haut
sur les procédés charmants dont il la comblait
sans cesse. Elle l'avertissait souvent, le mena-
çant du doigt par manière de badinage, de
ne pas compromettre sa chère Agathe.

— Ils sont faits l'un pour l'autre, répétait-
elle avec conviction.

Il n'en faut pas davantage dans une ville
de province pour que les commérages aillent
leur train. Ce fut bientôt le bruit public
dans Rodez qu'il y avait promesse de mariage entre Étienne Moret, professeur de
rhétorique au lycée, et mademoiselle Agathe
Voillon. Il ne resta plus à Rodez qu'une personne qui ne se doutât point de cette nouvelle,
et c'était Étienne Moret lui-même. Le digne
garçon s'était si bien barbouillé d'isolement
et de rêverie qu'aucune des rumeurs d'en

11

bas ne montait jusqu'à lui. La jeune fille,
qu'il avait sans cesse à ses côtés, lui était
fort indifférente; c'est à peine s'il eût pu
dire qu'elle fût jolie ou laide. Encore moins
s'apercevait-il des savants manéges de madame Voillon. Ah! la brave dame perdait bien
son temps, et les allusions dont elle essayait de
larder son hôte tombaient sur lui comme
ces traits dont parle Virgile en son *Énéide*,
qui n'ont pas de pointe et ne portent jamais
coup. Elle les redoublait, s'imaginant que
c'était chez lui timidité et, comme elle disait,
pure bêtise. Mais elle n'avançait point et se
dépitait. Elle s'en prenait à sa fille, qui la
secondait mal. Il est vrai que la malheureuse
enfant ne courait pas à ce mariage avec un
bien vif enthousiasme; elle s'y résignait, par
esprit de dévouement pour sa mère, et ce
sacrifice lui paraissait tous les jours plus
douloureux. Outre qu'Étienne n'était pas
séduisant de sa personne, il avait le grave
tort de ne pas la soigner; il arrivait presque

toujours débraillé, et souvent peu propre; il chantonnait à table, se renversait sur sa chaise, et, le soir venu, il prenait des postures qui sentaient leur garçon mal élevé ou distrait. Ce n'est pas avec ce sans gêne dans les manières que l'on charme les jeunes filles. Son excuse c'est qu'il ne songeait à plaire non plus qu'à s'aller noyer. Il ignorait les desseins formés sur son cœur.

Le malheur voulut qu'ils lui fussent révélés de la façon qui pouvait lui être le plus sensiblement désagréable. Il était venu, un soir, à l'heure accoutumée, et ne trouvant personne au salon, il s'y était installé, pour attendre, dans un vaste fauteuil dont le dos était tourné à la porte. Ces dames étaient sorties, et la femme de ménage ne l'avait pas vu entrer. Il s'endormit à moitié dans les bras de ce grand voltaire, où il disparaissait presque tout entier. Il fut bientôt réveillé de ses songeries par un bruit de pas et de voix à la porte. C'était madame Voillon et sa fille qui rentraient. Elles demandèrent, en passant, à la domestique si M. Etienne Moret était déjà arrrivé, on leur répondit que non.

— Ah ! tant mieux, dit la mère.

Et toutes deux pénétrèrent dans la pièce où Moret les attendait, caché et perdu dans l'ombre de la nuit.

Tout en se défaisant, elles continuèrent une conversation qui semblait commencée depuis quelque temps :

— Mais non, disait madame Voillon, je t'assure que tu seras parfaitement heureuse avec lui. Il est un peu dans les nuages ; un peu bizarre ; mais c'est un très-bon garçon, la bête du bon Dieu ; tu en feras tout ce que tu voudras.

Étienne Moret eut envie de tousser pour avertir ces dames de sa présence, mais je ne sais quel instinct de curiosité le retint.

— Mon Dieu ! maman, reprit la jeune fille, je ne dis pas ; pour bon, il est bon ; il ne l'est que trop. Tu sais bien comme on se

moque de lui en ville. Toutes mes amies
riront de moi si je l'épouse. Vois donc l'effet
de cette figure quand nous irons à l'église,
et que tout le monde se haussera sur les
pieds pour mieux voir le marié. Il n'a pas
visage d'homme ; c'est un singe.

— Laisse donc : tu t'y habitueras.

— S'il n'était que laid, peut-être ; mais il
est si ridicule ! Il est toujours sale, mal pei-
gné, les ongles en deuil...

— Tu le formeras.

— On assure en ville qu'il ne fait pas bien
du tout sa classe, qu'un de ces jours il sera
destitué, et qu'est-ce que nous deviendrons
alors ? Non, vois-tu, je sens que je ne pourrai
jamais. J'aime mieux être pauvre toute ma
vie. Je t'en prie, mère, n'exige pas mon con-
sentement.

Rien ne saurait peindre le malaise de
notre pauvre ami en écoutant ce beau pa-
négyrique. Sans doute il avait le cœur
percé de s'entendre traiter ainsi, mais ce

qui le gênait encore plus, c'était de surpren-
dre, malgré lui, de tels secrets, et de mettre,
s'il venait à se montrer, ces deux dames
dans le plus cruel des embarras. Il se pelo-
tonnait, il se recoquillait dans l'ombre de
son fauteuil ; il retenait son souffle ; il aurait
voulu pouvoir s'enfoncer dans les entrailles
de la terre. A l'idée de se lever de sa
cachette, de surgir à l'improviste au nez de
ces deux dames, il sentait la pudeur le serrer à la gorge et le rouge de la honte lui
monter aux joues.

Il profita d'un moment où elles avaient
passé dans la chambre à côté pour se couler,
sans bruit, hors du voltaire ; et, courbé en
deux, amortissant ses pas, il glissa discrètement vers la porte, comptant s'enfuir sans
être vu et revenir naturellement après avoir
sonné. Mais, au moment où il mettait la main
sur le bouton de cuivre, il heurta un guéridon
qui tomba avec fracas sur le plancher ; il
ouvrit précipitamment la porte, et il allait

se sauver quand madame Voillon parut à l'autre bout de la chambre :

— Qu'est-ce ? demanda-t-elle.

— C'est moi, madame, balbutia Étienne; c'est moi qui entre... un peu en retard... Je vous prie de m'excuser.

— Ah! vous arrivez seulement! dit la veuve d'un ton soupçonneux.

— Oui, madame, à l'instant même; j'ai été retenu par M. le proviseur.

Et il enfila une longue histoire sans queue ni tête, où il s'embrouilla de la plus terrible manière. Il était très-pâle, et de grosses gouttes de sueur perlaient sur son front. Madame Voillon le dévisageait avec acharnement :

— Et alors, insista-t-elle, vous ne faites que d'arriver?

Étienne Moret devint rouge jusqu'aux oreilles. Il n'était pas de ceux qui savent mentir avec aisance.

— Oui, madame, reprit-il, et je venais

même vous dire qu'il m'était impossible de dîner avec vous ! Il faut que je rentre chez moi ; j'ai de la besogne qui m'attend.

Et il s'esquiva sans attendre la réponse. Il avait besoin de prendre l'air, le sang lui bruissait aux oreilles, et chacun des mots de la conversation qu'il avait surprise s'enfonçait en son cœur comme un coup de poignard. Ainsi donc tous ces témoignages d'amitié étaient faux ; cette hypocrisie d'affection n'allait qu'à s'emparer de lui, pour le marier à une fille qu'il n'aimait point et qui le détestait ! La malheureuse ! de quelle horreur elle semblait être animée ! et l'on faisait violence à son cœur ! on lui imposait, malgré ses répugnances, un joug détesté ! et c'est lui dont le nom servait de prétexte à cette odieuse infamie.

Il chercha tout effaré dans sa conscience s'il n'avait pas, sans le savoir, donné quelque encouragement aux espérances de la mère : n'avait-il point laissé échapper quel-

que mot, quelque geste sur lequel il fût
permis de se méprendre? Il ne trouva rien;
mais il n'en accusa pas moins sa maladresse.
« Je suis si gauche, pensa-t-il, que je l'aurai bêtement induite en erreur! Et je ferais
le malheur d'une aimable fille, qui n'a
jamais eu que des bontés pour moi. Il est
clair que si elle persiste dans son refus, sa
mère la poursuivra de sollicitations incessantes et lui rendra la vie horriblement dure.
C'est à moi de me sacrifier. Il faut que je
marque, par quelque éclatante démarche,
mon intention formelle de ne pas me marier. »

Le brave garçon s'ingénia à trouver une
formule de refus qui enlevât tout espoir à la
mère sans blesser les délicates susceptibilités
de la fille. Après avoir longtemps tourné et
retourné en sa cervelle tous les moyens qui
s'offraient à lui, il s'arrêta à l'idée de quitter
Rodez. Un changement de résidence le déli-
vrait de toute inquiétude. Comment s'en
prendre à lui des conséquences d'un ordre

11.

ministériel ! Séance tenante, il écrivit à un
de nos camarades, qui était demeuré à Paris,
et qui grâce à des relations de famille, avait
de l'influence au ministère. Sans entrer
dans aucun détail, il lui dit que la vie lui
était devenue insupportable à Rodez, qu'il
sollicitait soit un changement, fût-ce pour
être envoyé dans un collége communal, soit
une mise en disponibilité; que ce dernier
parti était peut-être le plus sage; car il
se sentait peu propre à tenir une classe,
et il trouverait toujours bien à s'occuper
à Paris.

Il demanda une prompte réponse, signa,
et, les yeux fermés, comme s'il se fût préci-
pité dans un abîme, jeta la lettre à la poste.

La chose faite, il fut effrayé lui-même de
la résolution qu'il venait de prendre. Il
envisagea avec épouvante l'avenir que Paris
lui réservait, si on lui accordait un congé ;
que de démarches, que de sollicitations
pour trouver un emploi et gagner son pain!

que deviendrait-il dans cette ville immense, dans ce désert d'hommes, où personne ne s'occupe que de soi, où l'on n'arrive qu'en jouant des coudes et en bousculant les autres? Il ne put fermer l'œil de la nuit.

Le lendemain, il fut étonné, en entrant chez la veuve, de voir un air de fête dans la salle à manger et quatre couverts de plus à la table; c'était le jour de la naissance d'Agathe, et madame Voillon avait médité de mettre à profit cette petite réjouissance de famille pour forcer Étienne à se déclarer catégoriquement en public. Elle avait pris à part quelques jours auparavant un vieux cousin, dont la rage était de rimer à tout propos des chansons de circonstance, et à qui l'on passait ce travers, parce que ce vénérable radoteur était au fond très-bonhomme et très-naïf. Elle lui avait confié, sous le sceau du secret, que le mariage de sa fille avec le jeune professeur, son pensionnaire, était une chose conclue, arrêtée, et qui ne

tarderait pas à être annoncée officiellement.
Elle savait bien que ce renseignement ne
tomberait pas dans l'oreille d'un sourd.

Le déjeuner fut gai, car Étienne Moret
avait cette faculté, qui est particulière aux
enfants et aux nègres, de se livrer tout entier
à la sensation présente. A la fin du repas,
il se leva le premier, et porta la santé de
mademoiselle Agathe ; on lui fit raison gaillardement. Chacun offrit ses souhaits de
bonheur ; quand ce fut le tour du vieil
enfant d'Apollon, il tira un papier de sa
poche, raffermit ses lunettes sur son nez,
et d'une voix chevrotante :

> Le petit dieu Cupidon,
> Dieu d'amour et d'hyménée,

commença-t-il. Ce début promettait. La
chanson tout entière était criblée d'allusions
délicates. Mais au dernier couplet le bonhomme mettait les pieds dans le plat, s'il est
permis d'appliquer à un poëte rhuténois une
aussi vulgaire métaphore. La pièce avait

pour refrain ce vers que l'aimable société
devait reprendre en chœur :

Ah! le bel anniversaire !

L'anniversaire de ce terrible dernier couplet, c'était, ne vous en déplaise, celui du
jour où madame Voillon, devenue pour la
première fois grand'maman, présenterait à
l'un des plus savants professeurs de l'Université un bel enfant, rose et joufflu, qui
devait ressembler

A son père pour l'esprit
Et pour la grâce à sa mère.

Et tout le monde s'écria en chœur :

Ah! le bel anniversaire !
Ah! le bel anniversaire !

Tout le monde, excepté Moret, dont la
gêne subite eût éclaté à tous les yeux si l'on
eût moins été occupé de trinquer. Madame
Voillon, qui l'observait du coin de l'œil, s'en
aperçut, et, par une de ces manœuvres har-
dies qui décident les grandes batailles, elle
se jeta dans les bras d'Étienne stupéfait :

— Ah! mon gendre, s'écria-t-elle en san-
glotant, mon gendre! les larmes lui coupaient
la parole et la suffoquaient.

— Eh bien! dit l'un des convives avec
une grosse gaieté, qu'animait une pointe de
champagne, il ne faut pas tant pleurer pour
ça, la mère! Il n'y a pas de quoi se désoler.

Et se tournant vers notre héros, qui
demeurait abasourdi :

— Mes compliments, cher monsieur, lui
dit-il. Vous aurez là une femme charmante.
On m'avait déjà dit la nouvelle de ce mariage;
mais je ne le savais pas si avancé. A quand
la noce?

— Oui, à quand la noce? s'écria le poëte.
Je me charge de la chanson. Io hymen! io
hymen!

Étienne Moret tortillait avec un embarras pénible le coin de sa serviette. Il n'était
pas l'homme des déterminations soudaines,
et dans ces crises, qui voulaient une décision rapide, il manquait de présence d'es-

prit. Il lui semblait bien dur de refuser
en face une jeune fille qu'on lui jetait à
la tête! D'un autre côté, s'il ne protestait
point tout de suite, il laissait, par ce silence
qui passerait pour un acquiescement, s'ac-
créditer dans la ville un bruit qui deviendrait par la suite très-dommageable à une
honnête et aimable demoiselle. Madame
Voillon continuait de pleuvoir à grosses
gouttes sur son gilet. Il lui releva doucement la tête, et, se dégageant de l'étreinte
passionnée de sa prétendue belle-mère :

— C'est, dit-il, les regards fixés sur son
assiette, et paraissant chercher ses mots
avec effort; c'est que j'ai, hier même,
demandé mon changement.

— Vous voulez me séparer de ma fille,
s'écria impétueusement madame Voillon;
ah! mon gendre! ah! Étienne!...

Puis, avec un geste de résignation :

— Que voulez-vous! c'est le destin des
mères. Il faut qu'elles se sacrifient pour

leurs enfants. Vous viendrez me voir pendant les vacances; et moi, il y aura bien
chez vous, n'est-ce pas, mes enfants, un
petit coin pour votre vieille mère?

Étienne ne savait plus quelle contenance
garder; il tenait les yeux obstinément baissés; et, d'un mouvement machinal de la
main, il s'essuyait le front, qui était moite
de sueur :

— C'est que... reprit-il, c'est que...

— C'est que... quoi?

— C'est que, n'étant plus sûr de l'avenir,
ne sachant ce que l'administration fera de
moi, je n'oserais plus offrir à mademoiselle
de partager un sort aussi incertain, aussi
précaire que le mien va l'être.

— C'est cela qui vous arrête, mon ami?
Je ne vous en aime que mieux pour cette
noble et touchante sollicitude. Que de ten-
dresses dans ces craintes? mais elles sont
vaines. Un homme comme vous, Étienne,
soutenu d'une femme comme ma fille, ne

doit pas être inquiet pour l'avenir. Le vôtre sera brillant; vous avez la science...

Et, sans prendre haleine, elle enfila, avec une étourdissante volubilité, l'éloge des qualités de son gendre

— Elle a le diable au corps ! pensa Étienne qui ne pouvait placer un mot. Après cela, qui sait ! peut-être la destinée, en me forçant ainsi la main, veut-elle me rendre heureux malgré moi. Peut-être vaudrait-il mieux céder à cette pression du hasard et abandonner à d'autres la direction d'une vie que je suis incapable de gouverner.

Madame Voillon ne saura jamais combien il s'en fallut de peu qu'elle ne gagnât cette bataille. Moret, emporté, roulé dans ce torrent de paroles, allait se laisser faire : il avait si peu de résistance ! Le mot qui l'eût engagé pour jamais flottait déjà sur ses lèvres. A quoi tient pourtant le destin d'une vie changée ? Tandis que madame Voillon poussait sa pointe, le poëte, qui hochait la tête avec un air d'approbation, l'interrompit par un :

—Très-bien, chère Pauline, vous avez raison.

A ce nom de Pauline, inopinément jeté au travers de ce discours, Étienne eut comme un soubresaut : il lui passa, devant les yeux, qu'il n'avait pas encore osé lever, comme une vision rapide de ses premières, de ses seules amours. Il entendit une voix lui murmurer à l'oreille : Ne te marie pas ici ; je t'attends. Par quelle faiblesse d'esprit me trahis-tu? N'avons-nous pas échangé de ces mots qui sont des serments? N'es-tu donc plus un homme? Quel lâche cœur tu fais !...

Ce sentiment de sa lâcheté éveilla Moret de la stupeur où il était plongé depuis cet incident, et le poussa violemment hors de son incertitude :

— Assez, madame, dit-il résolûment; ce mariage est impossible. J'aime ailleurs.

Il n'y avait pas à se tromper à cette sincérité d'accent, où éclatait un vouloir implacable.

Mademoiselle Voillon prit le parti de s'évanouir; la mère se jeta sur elle, comme une lionne blessée, et montrant le poing à Étienne, qui gagnait la porte :

— Vous la tuez, monsieur; c'est vous qui l'avez tuée.

Et comme il allait sortir sans répondre, elle se précipita au-devant pour lui barrer le passage :

— Non monsieur, cria-t-elle, pas avant de m'avoir entendue jusqu'au bout. Ainsi vous vous introduisez dans une maison honnête comme un voleur d'amour; vous jetez le trouble dans le cœur d'une jeune fille, qui en mourra de désespoir; vous l'affichez par toute la ville; vous la faites mettre en chansons; et puis, au dernier moment, quand tout est convenu, quand ce mariage est public, vous pirouettez sur vos talons rouges, et vous croyez en être quitte, après cet éclat scandaleux, pour prendre la porte et dire : « Ce mariage est impossible, j'aime ail-

leurs ! » C'est l'action d'un malhonnête
homme, monsieur ; et nous, dans notre malheur, il nous reste au moins cette consolation, c'est de garder l'estime des honnêtes
gens.

Madame Voillon aurait continué longtemps
encore si le pauvre Étienne n'avait trouvé
le moyen de s'esquiver. Il rentra chez lui
fort penaud, et mesurant toute l'étendue de
ce désastre. Quel bruit n'allait pas faire,
dans une petite ville comme Rodez, cette
histoire de mariage rompu ! sous quelles couleurs n'allait-on pas la représenter ! Bien
qu'au fond il eût la conscience nette, les
apparences étaient contre lui. Depuis longtemps il avait laissé dire, sans trop y faire
attention, sans le savoir même, qu'il faisait
la cour à cette jeune fille, auprès de qui il
s'asseyait tous les jours à table.

Cette dernière scène, où il n'avait ni su
ni pu se défendre, avait quatre témoins, dont
les langues n'étaient point paralysées. L'inté

rêt de la mère était évident ; elle répandrait
partout sur lui les plus affreuses calomnies,
qu'on se ferait un plaisir d'accueillir et de
répéter. Le malheureux garçon se vit perdu ;
la situation était déjà fort triste : il la sentit
impossible.

Il n'avait pourtant pas prévu le quart des
ennuis qui l'assaillirent de toutes parts. Le
contraste de son visage avec l'aventure la
rendait plus piquante encore, et tous les
mauvais plaisants de la ville s'en donnaient
à cœur-joie de dauber sur le séducteur. Les
garçons du lycée étaient tous les matins obli-
gés d'effacer sur les murs du bâtiment des
caricatures et des inscriptions qu'y charbon-
naient les élèves. Au vestiaire — c'est là
qu'avant et après la classe les professeurs
se réunissent pour revêtir et ôter leurs
toges noires — Lorisseau n'appelait plus son
collègue que don Juan, Lovelace ou Brummel. Au lieu de lui demander des nouvelles
de sa santé, il ne manquait jamais de lui

dire : — Eh bien! comment vont les amours ?

Madame Voillon, à la suite de cet esclandre, s'était enfermée chez elle et n'avait voulu voir personne. Le bruit s'était répandu que sa fille se mourait de chagrin, et la mère de désespoir. Étienne, touché de compassion, était allé demander des nouvelles de leur santé. Cette démarche parut empreinte du plus dégoûtant cynisme : l'assassin prenait le bulletin de santé de ses victimes.

La rumeur de l'événement était, comme on le pense bien, arrivée tout de suite au recteur. Le cas sembla si grave à cet éminent fonctionnaire, qu'il télégraphia pour solliciter une destitution immédiate. Au ministère, on connaissait son zèle intempérant, et l'on s'en défiait un peu. On voulut des détails; il envoya son rapport, qui, malheureusement pour notre ami, s'ajoutait à bien d'autres, et les confirmait en les aggravant. La réponse arriva courrier par courrier. On faisait grâce à Moret de la peine extrême de la destitution ; on lui infligeait un congé de disponibilité, sans en corriger la rigueur par ces mots : *sur sa demande*, qui eussent été tout naturels, puisqu'il l'avait demandée en effet.

Au sortir de sa classe, Étienne reçut des mains du concierge une lettre qui l'invitait à passer chez le recteur, toute affaire cessante.

Ce digne fonctionnaire le reçut avec la majesté et le courroux d'un chef hiérarchique mécontent. Il tança rudement son subordonné, et après une longue mercuriale, il lui apprit le châtiment dont le ministre avait puni son impardonnable faute.

— Vous êtes, lui dit-il, en congé de disponibilité sans traitement.

—Ah! tant mieux! dit simplement Étienne qui n'y entendait pas malice, et ne voyait dans tout cela que le plaisir de quitter Rodez, sa classe et son recteur.

—Cette exclamation, monsieur, dit le haut

fonctionnaire d'un ton sec, est le comble
de l'impertinence. Je vous engage à renon-
cer à l'Université ; vous n'avez point l'esprit
de modestie ni le goût du respect qui con-
viennent à un professeur. Vous ne laisserez
pas un regret ici, et vous en emporterez
des souvenirs qui seront le remords de toute
votre vie. Adieu, monsieur.

Étienne tourna gaiement les talons. Il
était délivré d'un grand poids. Cette dis-
grâce, en lui rouvrant le chemin de Paris,
l'enchantait. Il s'en alla chez l'économe toucher ce qui lui revenait de ses appointements ; il donna quatorze signatures, comme
c'est l'usage, et toucha soixante francs.
Ses comptes faits, il lui en restait six cents
autres. C'était une fortune. Avant de partir, il fut prendre congé des deux seules
personnes qui lui eussent témoigné un intérêt véritable : le père Mignoret et Foyon.
Tous deux le plaignirent, l'un avec une
nuance d'ironie railleuse, l'autre d'un ton

d'affection cordiale. Foyon lui offrit sa bourse et lui donna des lettres de recommandation.

Le jour du départ, il l'accompagna à la diligence.

— Parbleu! lui dit-il, au moment de lui serrer la main une dernière fois, Lorisseau va bientôt te rejoindre à Paris. Il quittera Rodez dans quelques jours.

— Pourquoi donc?

— L'animal a été surpris hier soir par un mari jaloux. Tu penses, après ton affaire, le bruit que va faire celle-là. Il sera destitué apparemment. Mais lui, je ne le regrette pas. Que le diable l'emporte!

— Et moi, je ne demande qu'à ne jamais le retrouver à Paris.

— Allons! adieu! aux vacances prochaines!

Et la lourde voiture partit, la même qu' avait emmené Étienne de Paris à Rodez.

PARIS

Par quel étrange et mystérieux lien se
sent-on encore, à l'heure des adieux su-
prêmes, attaché aux lieux où l'on a beaucoup
souffert? Il semble qu'en les quittant on y
laisse un lambeau de son cœur et de sa vie,
et cet arrachement est toujours douloureux.
Les premières heures qui suivirent le départ accablèrent Étienne Moret d'une grande
mélancolie. Tandis que la voiture qui l'emportait roulait vers Paris, les impressions
du voyage qu'il avait fait en sens inverse
lui remontaient à la mémoire. Comme il
était gai, plein d'espérance et d'illusions!
Avec quelle joie et quelle ardeur il jetait

ses mains en avant pour prendre possession de l'avenir! Et maintenant il s'en revenait découragé, triste et doutant de soi! Cette première épreuve n'avait été qu'une longue déception. Celles qu'il allait tenter à Paris lui seraient-elles plus clémentes? Que n'avait-il eu le bon esprit de s'arranger à Rodez pour y finir obscurément ses jours entre ses livres et Pauline, qu'il aurait bien par la suite décidée à s'y établir?

Dans la vie nouvelle où le hasard l'engageait, il prévoyait des luttes bien autrement graves et pénibles que celles qu'il avait déjà si mal soutenues. Fonctionnaire, on n'a qu'à suivre l'ornière tracée; elle vous conduit, sans cahot ni secousse, au bout de la carrière. Une fois rendu à la vie libre, il faut s'ingénier, payer de sa personne, jouer des coudes, faire son trou. Amère pensée! cruelle perspective! C'est ce fameux *struggle for life* dont le philosophe Darwin a exposé la théorie. Dans ce combat

pour la vie, les êtres inférieurs, ceux que
la nature a jetés sur la terre dépourvus
d'armes et de force, sont brisés, anéantis.
C'est ainsi que des races ont disparu du globe;
l'individu, s'il est né souffreteux, si ses fa-
cultés ne sont pas en harmonie avec le
milieu où il est tombé, n'a plus qu'à disparaître comme elles. Ces idées s'étaient
déjà présentées à l'esprit de Moret; jamais
les traits n'en avaient été si poignants. Le
sombre oiseau de nuit, le suicide aux ailes
noires, commençait à tourner autour de sa
proie.

La vue de Paris chassa ces réflexions
importunes. Si peu Parisien que l'on soit,
il est impossible de revoir, après une longue
absence, cette charmante ville sans je ne
sais quel enivrement. L'air de ce pays est
un vin capiteux qui monte au cerveau et
qui grise. Ce mouvement de la population
dans les rues, ce bruit des voitures roulant
sur le pavé, ces magasins étincelants, ces

cafés gaiement ouverts, ces milliers de lumières qui s'allument le soir et piquent l'ombre, le petillement de vie qui se dégage de la cité en feu, dissipent les chagrins et gonflent le cœur d'une joie précipitée ; le sang court plus rapidement dans les veines, et la pensée, plus active, surchauffée par toute cette flamme, s'élance en jets plus ardents vers des projets plus vastes. Étienne se fit débarquer avec sa malle à ce vieil hôtel Corneille qui est si connu des étudiants, en face du classique Odéon. Un long cordon de gaz courait sur la façade du théâtre, illuminé pour une première représentation ; la place était toute noire d'une foule grouillante qui attendait l'heure du spectacle.

La fantaisie prit à Moret de se mêler aux groupes, et de respirer de plus près cette atmosphère de passion et de plaisir. Il descendit de l'hôtel après avoir retenu sa chambre, et se perdit dans la foule, qui était presque tout entière composée d'étudiants.

Comme il flânait, les deux mains dans ses poches, bayant aux corneilles, il s'entendit nommer par derrière et se retourna vivement :

— Madame Dumont, s'écria-t-il, et mademoiselle Pauline !

— Vous ici ! lui dirent les deux femmes en chœur, avec un ton de reproche.

— Je ne suis à Paris que depuis une heure, répondit-il en manière d'excuse.

Il offrit son bras à madame Dumont, et tout en les reconduisant il leur conta son histoire.

Ces dames avaient déménagé. Elles n'habitaient plus cette horrible rue Mouffetard ; elles logeaient rue de Condé, au premier en venant du ciel. L'appartement était bien haut perché, et bien petit, et bien modestement meublé, mais en bon air, et le médecin avait déclaré qu'un air plus pur était nécessaire à la santé de la jeune fille.

Étienne déclara que de toutes les rues de

Paris, la rue de Condé était la plus séduisante, et qu'il allait, lui aussi, y chercher une chambre.

Il n'eut pas de peine à l'y trouver, à un prix raisonnable et non loin de ses amies.

La mère Dumont vint faire, avec lui, l'inventaire de sa malle. Elle poussa des cris de détresse et de pitié, en retirant, un par un, tous les effets de ce trousseau. Le malheureux garçon était incapable de veiller à ces menus détails de ménage. Il n'avait que cinq ou six chemises, et dans quel état, bon Dieu! effilochées aux poignets, veuves de boutons, et par-ci, par-là, des trous à passer les poings. Le reste allait à l'avenant : des vêtements salis et déchirés, une garde-robe lamentable.

— Eh bien! mon garçon, lui dit la mère Dumont, il faut avouer que vous n'êtes pas fièrement nippé. Qui est-ce qui vous soignait donc ça à Rodez?

— Personne.

— Ça se voit de reste. Allons! C'est moi qui vous tiendrai votre linge en ordre et Pauline vous le raccommodera.

— Quoi! mademoiselle Pauline voudra bien...?

— Eh bien, donc! c'est son métier. Elle est couturière et blanchisseuse. C'est pour s'occuper du linge des clients. A moins que vous n'aimiez mieux lui refuser votre pratique.

Étienne protesta. Le fait est qu'il voyait le ciel s'ouvrir. Il était impossible que sous le couvert des soins journaliers à donner à ses vêtements, des rapports d'intimité ne s'établissent pas à la longue entre lui et cette aimable famille de braves gens. Une famille! ce mot seul lui emplissait les yeux de larmes. Avoir autour de soi une mère, une sœur qui vous délasse des soucis de la vie et qui vous en épargne les petites misères, est-ce que ce n'est pas le bonheur? Il en avait été privé jusqu'à ce jour, et ne l'avait connu que par ouï-dire. Il allait donc, lui aussi, goûter cette joie intime !

Il avait assez d'argent pour parer aux premiers besoins; mais un billet de cinq cents francs ne mène pas loin son homme à Paris. Il fallait tout de suite trouver une occupation. Il se mit en quête, avec assez de résolution, bien que personne ne fût moins propre que lui à pratiquer l'art du solliciteur. Malheureusement pour lui, la plupart de ses camarades de promotion étaient professeurs en province, et il n'avait personne à qui se recommander spécialement. Armé de son seul titre d'élève de l'École, il se présenta chez quelques professeurs qui l'y avaient jadis précédé et ne savaient pas même son nom. Ils le reçurent obligeamment, mais avec froideur, en gens qui sont accablés de demandes toujours pareilles et qui ne peuvent y satisfaire. Ils lui promirent tous de songer à lui, s'ils entendaient parler de quelque chose, et la main tournée ils n'y pensèrent plus.

Il s'en fut voir des chefs d'institution, à qui il s'offrit pour donner des répétitions ou faire des classes élémentaires. Mais l'aspect de sa personne et les renseignements qu'il donnait loyalement sur lui-même ne prévenaient point en sa faveur. Il fut poliment éconduit.

Dix jours se passèrent ainsi à battre le pavé de Paris, sans qu'il eût encore rien trouvé, sans que même il vît jour à se caser quelque part. Et le soir, tout seul, rentré chez lui, après avoir compté dans son tiroir les quelques louis qui composaient toute sa fortune, il faisait des réflexions bien amères sur l'éducation qu'on lui avait donnée au collége :

— Si j'avais appris un métier, pensait-il, je saurais tout de suite où m'engager et je gagnerais ma vie. Si même on avait eu soin de me pourvoir de notions pratiques, si je savais la physique ou la chimie, si j'étais habile aux manipulations de la science, je pourrais

entrer chez un industriel, dans quelque usine,
et y rendre des services en qualité de con-
tre-maître. Si j'avais appris ce qu'il faut de
géométrie pour arpenter ou lever un plan,
je me présenterais chez un architecte. Si l'on
m'avait enseigné la tenue des livres, je me
placerais chez un commerçant. Mais non, on
m'a bourré de latin et de grec. Je ne sais
que cela, et encore le sais-je fort mal. Cette
science, qui est si longue et si chère à acquérir, ne mène absolument nulle part. A quoi
suis-je bon, qu'à enseigner ce même latin et
ce même grec à ceux qui auront pour métier de l'enseigner à leur tour? Ah! pourquoi ai-je quitté l'éventaire que je portais en
mon enfance? Ce n'est pas grand'chose qu'un
porte-balle, mais il a un gagne-pain, et il
mange. Je suis exposé à mourir de faim
avec tous mes titres de licencié et d'agrégé.

Des grandes institutions, Étienne descendit aux petites pensions, puis aux bouibouis in-
fimes des marchands de soupe. Il en trouva

un enfin qui l'admit à ramer dans sa galère.
Il s'agissait de lire, avant la classe du matin
et avant celle du soir, les devoirs des élèves
que ledit marchand de soupe envoyait au
lycée. Étienne devait arriver à six heures
du matin été comme hiver, à l'institution,
prendre connaissance du texte dicté la veille
en classe, puis jeter un coup d'œil sur les
compositions des écoliers et inscrire en tête
la note qu'elles méritaient. Ce travail le me-
nait jusqu'à huit heures; il revenait dans
l'entre-classes et ne donnait cette fois qu'une
heure et demie à la même besogne, moyen-
nant quoi on lui assurait 120 francs par
mois, les mois de vacances non payés.

Le marchand de soupe ne s'était fait
aucun scrupule d'exploiter la misère de
ce pauvre garçon, qu'il sentait acculé aux
dernières nécessités et incapable de se défendre.

Étienne accepta; après tout, c'était le
pain quotidien assuré. Il est vrai que la

pension était assez loin de la rue de Condé,
mais la marche est un exercice hygiénique
et l'école de Salerne recommande de se lever
matin, si l'on veut vivre très-vieux. Cette
place avait pour lui le grand avantage de lui
laisser ses après-midi libres, et surtout ses
chères soirées, qu'il comptait bien, dans un
temps prochain, consacrer à son amie, la
jeune et aimable Pauline.

Il ne tarda pas à s'apercevoir que la pauvre enfant était ignorante comme une carpe :
c'est à peine si elle savait la lettre moulée.

Elle n'avait jamais tenu une plume de sa
vie et ignorait les quatre règles primordia-
les de l'arithmétique. Elle faisait de tête les
calculs, fort simples d'ailleurs, qu'exigeaient
les comptes de son métier. Cette découverte,
loin de refroidir Étienne, le ravit d'aise.

Il pourrait donc rendre à cette aimable
fille un service essentiel. Il proposa de venir,
tous les soirs, lui donner des leçons : c'était
pour lui un prétexte à rester chaque jour

deux heures avec elle : il l'accoutumerait
peu à peu à son visage, à son caractère.

Peut-être finirait-il, à force de soumission,
de bonté et de tendresse, par se faire aimer,
comme le héros du conte délicieux de madame
d'Aulnoy qui est si connu des enfants : *la
Belle et la Bête.*

Il est de tradition classique, depuis l'histoire d'Héloïse et d'Abélard, que les écoliè-
res s'éprennent toujours de leur maître. Mais
la malchance qui poursuivait Étienne Moret
s'acharna sur lui jusqu'en cette circonstance.
Son adorée Pauline était tout simplement
une oie, jolie assurément et coquette à faire
plaisir, mais une oie. Elle était incapable
d'aucun travail, et tout l'effort de son esprit
n'allait pas au delà du choix d'un ruban.
Elle se prêta d'abord avec assez de bonne
grâce aux propositions d'Étienne. Comme
elle ne manquait pas de vanité, il lui déplaisait de ne pas savoir ce que ses compagnes
avaient appris à l'école primaire. Elle sentait

vaguement que si jamais, par un de ses coups
de fortune que rêvent toujours les belles filles,
elle venait à sortir de son humble position; si
elle avait, comme tant d'autres, hôtel, chevaux et domestiques, l'éducation plus que
sommaire qu'elle avait reçue ne pourrait lui
suffire dans cette situation nouvelle. Elle
commença donc par prêter toute l'attention
dont elle était capable aux leçons que lui
donnait notre malheureux ami avec une patience angélique.

Mais l'ennui la prit bientôt et le dégoût à
la suite.

Les premiers éléments, qui sont si aisés
à apprendre dans l'enfance, offrent d'horribles difficultés aux personnes qui sont arri-
vées à la jeunesse sans s'y être appliquées
jamais. Pauline se dépitait de ne rien comprendre et surtout de ne rien retenir. Elle
se trompait huit jours de suite sur la même
syllabe, et à la cinquantième erreur, doucement redressée par son maître, elle entrait

dans des colères folles, et déchargeant sa
colère sur le livre, elle en déchirait les pages; elle fondait en larmes, elle boudait. Il
n'y avait plus moyen d'en tirer une parole.
Étienne restait désolé, ne sachant que dire
et tournant ses pouces.

Elle ne tarda pas à le prendre sérieusement en grippe. Il lui représentait ce qu'il
y avait de plus odieux pour elle au monde,
l'étude et le logis. Le soir, au lieu d'aller
faire un tour, ou de tailler une bavette avec
quelque voisine, ou bien de pleurer à quelque bon mélodrame de l'Ambigu, il fallait
s'enfermer chez soi, s'installer sous la lampe
et répéter cet éternel *b*, *a*, *ba*, qui était son
cauchemar. Plus Étienne y mettait de pa-
tiente douceur, plus elle sentait croître en
elle son irritation contre lui. Il était pour
elle le maître d'école, celui qu'on bafoue et
que l'on déteste. Elle avait, comme la plupart
des femmes, une habileté extrême à saisir
les ridicules des gens, à les exprimer d'un

mot précis et qui faisait image. Les traits
piquants lui partaient malgré elle de la bouche, et le pauvre Moret les subissait avec
résignation, les excusant en son âme can-
dide sur l'énervement naturel aux jeunes
filles que l'on oblige à l'étude. En ces occa-
sions, il se donnait une contenance et se
dédommageait en embrassant un des deux
frères, petit garçon à la mine éveillée,
qui profitait seul des leçons données à sa
sœur.

— Pauvre petit, lui disait quelquefois
Étienne, en le voyant mordre de si bon cœur
à la science, n'en apprends pas trop ! Deviens
un bon et utile ouvrier plutôt qu'un faux
savant.

— Eh bien ! vous faites là de jolis souhaits pour mon fils, s'écriait la mère Dumont.
Toute mon ambition, c'est qu'il aille au collége, qu'il sache tout ce que l'on peut savoir,
et qu'il obtienne ensuite une bonne place du
gouvernement.

— Vous voyez où cela mène, reprit tristement Moret en montrant son habit râpé.

— Ah! vous! je crois bien... dit Pauline avec une nuance de dédain qui toucha sensiblement Moret.

— Vous avez raison, mademoiselle, tout le monde n'est pas aussi maladroit et aussi gauche que moi. Mettons que je n'ai rien dit.

Et il reprenait la leçon d'un air navré. S'il avait eu des yeux derrière la tête, il aurait vu la mère Dumont engager sa fille par des gestes expressifs à présenter quelque excuse, à dire un mot de bonne amitié et Pauline répondre par une moue des lèvres qui signifiait clairement : Ah! tant pis! il est trop ennuyeux aussi, cet animal!

Étienne eut une idée qui ne lui fut pas moins funeste que les autres. Il proposa à ces dames de leur lire, une fois la leçon terminée, quelque ouvrage agréable, tandis qu'elles travailleraient aux choses de leur métier.

Cette offre fut acceptée, comme bien l'on
pense. Si ce naïf au cœur d'or n'avait pas
été, dans les relations de la vie, le dernier
des nigauds, il aurait choisi pour sa lecture
quelque roman d'Alexandre Dumas ou quelque histoire d'amour, comme en aiment les
jeunes filles. Mais il était imbu de ces théo-
ries ridicules qui prétendent que les œuvres
vraiment belles sont comprises et goûtées
même des esprits les moins cultivés, que le
sublime fait une égale impression sur toutes
les intelligences. On a écrit à ce propos de
grandes phrases, qui ne sont que des phrases creuses. Il faut, pour apprécier les chefs-
d'œuvre, et même les sentir, l'éducation
première, qui aide à les entendre. Mais
Étienne était amoureux, et il n'y a rien qui
trouble le sens comme la passion. Il fit la
sottise de choisir pour livres d'études les plus
belles tragédies de notre théâtre classique.
Il se flattait de les rendre accessibles à son
auditoire en lui expliquant les points obscurs.

Pauline, quand elle apprit qu'il s'agissait
de pièces de théâtre, accepta avec empressement, ne se doutant point de ce qui lui
pendait à l'oreille. On lui avait parlé du
Théâtre-Français, et elle sentait par avance,
pour tout ce qui venait de ce théâtre célèbre,
un respect superstitieux, une admiration
dévote.

Quel ne fut pas son désappointement, aux
premières scènes d'*Andromaque* ! car Étienne
avait choisi *Andromaque* comme la pièce la
plus capable de toucher un cœur de jeune
fille, parce qu'il était question d'amour ! Mais
pour comprendre un mot, un seul mot à
l'exposition du drame, il est nécessaire d'a-
voir poussé ses études assez avant dans l'histoire de l'antique Grèce et dans celle du
dix-septième siècle. Tous ces noms d'Oreste,
d'Agamemnon, d'Hector, d'Andromaque,
tous ces souvenirs d'Ilion détruite, étaient
lettres closes pour cette jeune et ignorante
fille, qui ouvrait une bouche étonnée, en

écoutant ce ronron de l'alexandrin classique.
Elle ne pouvait revenir de sa surprise.

Notre ami, tout échauffé de sa lecture, la
poursuivait de tout son cœur, jugeant les
autres par lui-même et s'imaginant qu'on y
portait autant d'intérêt que lui. Il fut donc
stupéfait quand Pauline, lui faisant sauter
le livre des mains, s'écria d'un air de bou-
derie fâchée :

— Ah bien ! non, c'est trop ennuyeux.

— Pauline ! dit sévèrement la mère.

— Ne gronde pas, mère ; j'en mourrais.

Étienne, tout contrit, ramassait son livre
tombé à terre.

— C'est une enfant, se disait-il, en forme
de consolation. Le fonds est bon ; c'est l'instruction qui manque. Quel dommage de
n'être pas riche ! Je la conduirais à la
Comédie-Française ; les beautés de Racine
lui entreraient par les yeux et pénétreraient
jusqu'à son intelligence, qu'elles ne man-
queraient pas d'éveiller. C'est de ma faute ;

je lis mal, et ne sais pas donner aux vers
leur accent ni leur éclat.

Ce bon Moret! il s'accusait toujours! On
me demandera peut-être comment il peut
se faire que, vivant presque dans l'intimité
d'une jeune fille qu'il adorait, et très-décidé
à la prendre pour femme, il ne se fût pas
encore déclaré. Etait-ce timidité? Oui, sans
doute, il y avait bien un peu de cela dans
son affaire. Mais le silence qu'il avait gardé
tenait à des causes plus subtiles et plus
complexes. Il était de ceux qui ne vont point
de l'avant, qui s'attardent à une situation
fâcheuse, mais après tout tolérable, par ennui de prendre un parti décisif, par crainte
de rencontrer pis.

Ils se laissent vivre, jouissent du présent,
sans oser jeter un regard sur l'avenir, indif-
férents à ce qu'il apportera. Il gagnait juste
de quoi ne pas mourir de faim, il était aimé
de Pauline juste assez pour n'être pas haï :
il ne lui en fallait pas davantage pour le

moment. Les gens de ce caractère laissent
le hasard maître de leur vie, un maître bien
dangereux et bien cruel, car il choisit son
heure pour fondre sur leurs arrangements;
il les prend toujours à l'improviste et leur
arrache de dessous la tête le pauvre oreiller sur lequel ils s'étaient endormis. C'est
ainsi qu'Étienne, tout le long de son existence, avait été, comme dit Corneille, le piteux jouet des événements ; c'est ainsi qu'il
offrait encore son modeste bonheur en proie
à la fortune. Elle ne lui avait jamais été
bien clémente ; il ressemblait à *l'homme qui
n'a pas de chance*, de la légende. Il serait
tombé sur le dos qu'il eût trouvé moyen de
se casser le nez. Il fallait toujours avec lui
s'attendre à quelque accident.

Il se plaisait à composer pour Pauline de
petites dictées, où il appliquait les règles de
la grammaire qu'il lui avait démontrées, et
rassemblait quelques difficultés d'orthographe; le brave garçon s'ingéniait pour lui

rendre ces devoirs moins maussades. Il
choisissait les petits événements de la journée pour en faire le récit, et les entremêlait
d'allusions délicates à sa tendresse.

L'aimable Pauline bâillait sur ces compositions avec une régularité qui ne décou-
rageait point son professeur. Il était fort rare
qu'elle terminât le devoir. Comme elle savait
qu'avec elle Étienne était sans défense, elle
affectait de se moquer de ses leçons, de lui
rire au nez quand il glissait une observation
bien humble.

D'autres fois, avec cet esprit de coquet-
terie endiablée des femmes, elle s'amusait
à exciter sa passion par des coups d'œil
lancés à la dérobée, par de secrètes pres-
sions de main, et elle le plaisantait tout
haut, d'un air innocent, sur son embarras,
sur sa pâleur.

Un our qu'il avait été soumis, toute la
soirée, à cette petite torture, il s'avisa d'un
artifice pour avertir Pauline de ce qu'il en

pensait, pour la gronder un peu sans qu'elle
eût lieu de se fâcher contre lui. Il composa
avec soin une dictée où il parlait, à mots
couverts, d'agaceries impitoyablement faites
par une belle jeune fille à un garçon très-
amoureux; il laissait entendre que ces façons
d'agir constituaient à l'amant un droit, le
droit de parler, dont il ne manquerait pas
d'user à son tour. Il peignait sa flamme,
qu'il avait jusqu'alors discrètement conte-
nue au fond de son âme, mais qu'il déploie-
rait au plein vent, si on continuait à l'atti-
ser; il n'était pas mécontent de ce morceau
d'éloquence, qu'il relut dix fois et qu'il remit
au net. Mais l'instant de la leçon venue,
quand il fut sur le point de le tirer de sa
poche, une invincible honte le prit à la
gorge; il refoula silencieusement le terrible papier sous son mouchoir, et le roula en boule,
Pauline l'observait avec malice, comme si
elle eût deviné les agitations de son âme.

— Comme vous êtes singulier aujourd'hui!

lui disait-elle. Qu'avez-vous donc ? On dirait
que vous mangez une noix verte, tant vous
faites une drôle de grimace !

— Je suis un peu souffrant ce soir, dit
Étienne. Il n'y aura pas de leçon si vous
voulez.

La jeune fille battit des mains :

— Ah ! tant mieux, s'écria-t-elle. Alors
prêtez-moi vos deux bras, que je dévide un
peloton de fil. Donnez-moi d'abord un morceau de papier pour en faire un bouchon.

Étienne tira sa lettre froissée et roulée
en boule.

— Ah ! non, pas cela, dit-elle, ce papier-là
est trop vilain.

A quoi tiennent les choses ! Ce petit incident, auquel ni l'un ni l'autre ne firent
attention, eut les conséquences les plus
funestes.

Étienne Moret remit la dictée dans sa
poche, sans y prendre garde; et le lendemain à sa répétition, tirant son mouchoir,

il la laissa tomber dans sa chaire, où elle
fut soigneusement recueillie par un de ses
élèves.

Ai-je besoin de dire qu'Étienne n'avait
guère mieux réussi chez son maître de pension que dans sa classe? La besogne qu'il
avait à faire n'était pas bien malaisée, et il
était dix fois plus instruit qu'il ne fallait
pour la mener à bien. Mais elle exige une
certaine dose de charlatanisme dont le malheureux était incapable. Comme elle con-
siste à expliquer au pied levé des textes
latins ou grecs que l'on ne connaît pas, et
qui sont pour la plupart, ayant été pris
sous la dictée du professeur, remplis de
mots altérés, de phrases ponctuées sans soin,
il arrive fort souvent que le répétiteur, mis
en présence de ces textes corrompus, ne les
comprend pas plus que l'élève. Il faut néanmoins qu'il ait l'air de les entendre, qu'il
ne soit jamais embarrassé, qu'il fournisse
du morceau présenté une explication telle

quelle, et que le lendemain, si l'élève, de
retour de la classe, lui rappelle le contre-
sens fait, il réponde avec un aplomb imper-
turbable ou que c'est le professeur qui s'est
trompé, ou que c'est l'élève qui a compris
de travers. Ce sont les roueries du métier;
Étienne était bien trop ingénu pour les
pratiquer. Au lieu de trancher comme les
autres, il lui arrivait quinze ou vingt fois
dans le mois de s'arrêter devant une phrase
et de dire, comme s'il se parlait à lui-même,
comme s'il répondait à sa propre pensée :
Tiens! je ne comprends pas.., et, s'adressant
aux élèves : Voyons, messieurs, cherchons
ensemble!

Ces hésitations, qui marquaient sa bonne
foi, l'avaient bien vite perdu dans l'esprit
de ses écoliers. Ils en avaient conclu tout
de suite qu'il n'était pas fort. Le professeur
qui n'est pas fort n'obtient plus de sa classe
que des témoignages de parfait dédain. Les
petits misérables s'amusaient exprès à cri-

bler de fautes les textes qu'ils apportaient à
Étienne, et c'était pour eux une récréation
de le voir consciencieusement barboter dans
ses explications. Il avait eu, à diverses
reprises, l'innocence de mettre en marge d'un
devoir : « Je ne puis donner de note, n'ayant
pas compris moi-même la version. »

— Ah çà ! dit un jour le professeur, votre
répétiteur est donc un idiot ?

Toute la classe avait éclaté de rire, avec
le même ensemble qu'une brigade de gendarmerie. Et le lendemain, un des élèves
d'Étienne s'était approché de sa chaire, et
au milieu d'un profond silence, lui avait dit
d'un petit air naïf :

— Monsieur, notre professeur nous a demandé hier si c'est donc que vous étiez un
idiot ? Qu'est-ce qu'il faut lui répondre ?

Étienne avait rougi jusqu'aux oreilles et
n'avait rien répliqué. Il y a longtemps déjà
qu'il eût été remercié par son marchand de
soupe, mais l'honnête industriel savait bien

que pour ce prix-là il trouverait malaisément un homme de ce mérite. Il le gardait
donc, non sans lui laver la tête, de temps
à autre, avec la brutalité des gens de sa
profession.

L'aventure de la lettre le força à prendre
une mesure définitive.

Au fond, il n'y avait rien de compromet-
tant dans cette dictée, dont Étienne avait
surveillé toutes les expressions, puisqu'elle
devait passer sous les yeux d'une jeune fille.
Mais il y était parlé d'agaceries, et il était
évident que c'était à lui que s'adressaient
ces agaceries d'une jolie fille.

Le visage et la tournure d'Étienne for-
maient un contraste si grotesque avec ces
idées d'avances, faites à lui par une femme,
que ce fut dans toute la pension un délire
de joie, quand ce papier leur tomba entre
les mains.

Ils en firent des gorges chaudes entre
eux, et le matin, quand il se fut installé

dans sa chaire, au : *Bonjour, messieurs*, qu'il adressa à ses élèves, un d'eux se levant répondit d'un très-grand sérieux :

— Bonjour, monsieur, comment vous portez-vous?

— Mais, très-bien, je vous remercie.

— Et Pauline?

Étienne pâlit affreusement. Puis la colère prenant le dessus :

— Monsieur, dit-il d'une voix étouffée, vous êtes un petit misérable. Je vous prive de sortie dimanche prochain.

—Nous verrons ça, dit l'autre insolemment.

L'élève puni était un des meilleurs de la pension, j'entends qu'il était un de ceux qui payaient le mieux. La retenue qui lui était infligée fut un événement. Tout le monde s'en mêla; la mère intervint, jetant les hauts cris. Il y eut une enquête, à la suite de laquelle fut produite la lettre d'Étienne. La mère, qui était une personne dévote, se voila la face d'horreur. Comment gardait-on, dans

une institution bien tenue, un libre penseur,
un matérialiste, un athée, qui empoisonnait
l'âme des enfants en leur faisant lire des
déclarations d'amour? Tous les écoliers avaient
naturellement pris parti pour leur camarade
et l'interrogation : *Et Pauline?* répétée à tout
propos, était devenue une formule de plaisanterie courante.

Le marchand de soupe fut réduit à céder
devant ce *tolle* général, mais au moins, puisqu'il était obligé de jeter à l'eau Étienne
Moret, voulut-il faire la chose en cérémonie,
avec un éclat dont il pût tirer honneur. Il
manda l'infortuné répétiteur dans son cabinet, et là, en présence de la mère irritée, à
qui il l'offrait comme holocauste :

— Monsieur, lui dit-il sévèrement, vous
avez manqué de la façon la plus grave au
devoir le plus rigoureux de votre noble profession, qui est de donner l'exemple de la
plus scrupuleuse moralité aux jeunes et
tendres âmes dont le ciel vous a confié le

soin. Vous avez, trompant notre surveillance
et violant toute discipline, introduit dans
une maison, jusque-là restée pure, un de ces
écrits licencieux qui pervertissent l'imagination des jeunes gens, en la traînant sur
des idées obscènes. Vous avez éveillé les
justes susceptibilités d'une mère de famille
qui est le modèle de toutes les vertus. Je
me vois forcé, monsieur, de lever la punition
que vous avez imprudemment infligée à un
enfant qui ne saurait être responsable d'une
faute commise par vous seul. Vous devez sentir vous-même qu'il vous serait impossible
de rester plus longtemps dans une maison
où votre autorité serait détruite.

Je vous donne votre congé.

Il n'y a pas un de nous qui n'eût sauté
à la cravate de l'impudent coquin, et qui
ne l'eût quelque peu étranglé pour l'exemple;
Étienne Moret resta atterré. Tout cela lui
semblait si illogique, si absurde, si extra-
vagant, qu'il n'en pouvait revenir et cher-

chait à rassembler ses idées éparses dans son cerveau. Il ne trouva pas un mot à répondre.

— Veuillez, ajouta majestueusement le marchand de soupe, passer à la caisse, où monsieur l'économe réglera votre compte.

Monsieur l'économe, qui avait le mot, remit à Étienne le dernier mois sans lui payer un sou de celui qui était commencé.

C'était huit jours qu'il lui retenait contre tout droit. Étienne n'osa élever aucune réclamation. Il mit l'argent dans sa poche et se contenta, pour toute vengeance, de ne pas saluer ces malotrus.

Il était de nouveau sur le pavé. Il envisagea avec épouvante l'horrible nécessité de recommencer les démarches qui lui avaient déjà la première fois été si pénibles.

Il entra dans sa mansarde, le désespoir dans l'âme et navré : navré de la méchanceté des hommes, de l'injustice du sort et de sa propre faiblesse. Il se laissa tomber sur son

unique fauteuil comme un homme hébêté
d'ivresse, et peut-être le dénoûment inévi-
table vers lequel il était poussé par la fortune
se serait-il dès ce jour-là dressé devant ses
yeux, si cette même fortune, qui l'avait si
longtemps ballotté à son plaisir ne lui avait
accordé encore quelques mois de répit, en
lui offrant une condition nouvelle.

Un des étudiants qu'il rencontrait presque
tous les jours au cabinet de lecture en plein
vent, sous les arcades de l'Odéon, lui apprit
qu'un des plus illustres titulaires d'une des
chaires de la Sorbonne, le professeur de
philosophie, M. Sincou, avait besoin d'un
secrétaire, et cherchait, pour occuper cette
place un jeune homme instruit, modeste en
ses goûts et âpre au travail. C'était bien
l'affaire d'Étienne. Il avait la plus sincère
et la plus profonde admiration pour les ouvrages de M. Sincou, qui était un écrivain
de premier ordre. Il ne l'avait jamais entendu
parler, mais il n'en avait que plus d'envie

de s'approcher d'un homme célèbre par l'abon-
dance et la vivacité de sa parole, de jouir
de sa conversation, de se former à son école.
Il alla tout tremblant et fort petit garçon se
présenter chez le grand homme, qui le toisa
d'un regard protecteur.

— Mon jeune ami, lui dit-il, j'espère être
content de vous, et je crois que vous le serez
de moi. Vous sortez de l'École normale,
vous avez le goût des livres, et vous n'êtes
pas étranger aux questions dont je m'occupe.
Vous travaillerez sous ma direction.

Je vous préviens que vous travaillerez
ferme. A six heures du matin tous les jours
je suis à mon bureau; je compte vous y
trouver. Vous écrirez sous ma dictée, ou ferez
les recherches que je vous indiquerai. A
midi, vous aurez une heure pour déjeuner,
c'est beaucoup, mais il faut qu'un jeune
homme se dégourdisse les jambes. Nous nous
remettrons, de compagnie, à la besogne
jusqu'à six heures. Toutes vos soirées vous

appartiendront, à moins d'un travail pressé.
Ces conditions vous vont-elles?

Étienne avait bonne envie de lui rappeler
qu'il oubliait un point, qui n'était pas sans
importance : celui des appointements. Mais
le grand homme lui imposait : comment
entamer cette ignoble question de gros sous
avec un philosophe habitué aux spéculations
métaphysiques, avec cet aigle qui planait
d'un si large vol dans les espaces de la philosophie ? Il tournait, d'un air embarrassé,
son chapeau dans ses mains comme un
homme qui a quelque chose à dire avant de
s'en aller, et qui n'ose pas.

— Adieu, mon jeune ami, lui dit le philosophe, en le congédiant d'un geste royal,
ou plutôt à demain; soyez exact.

Et comme Étienne se retirait à pas lents :

— Ah! Pardon, mon jeune ami, lui dit-il,
j'oubliais : je ne veux pas vous prendre ainsi
une part de votre temps sans dédommage-
ment d'aucune sorte. Mais, entre nous, ce

n'est pas une question. Comptez sur moi, je n'ai que cela à vous dire.

Et cette fois le grand homme daigna tendre la main au pauvre diable.

Étienne se précipita avec effusion sur cette main, qui avait écrit de si beaux ouvrages, et qu'on lui abandonnait. Il l'eût baisée, dans son transport de reconnaissance et de joie, s'il n'eût craint de paraître ridicule. Il la pressa avec un respect attendri et se sauva en essuyant une larme.

Il s'en allait apprendre cette heureuse nouvelle à la mère Dumont, quand il se trouva nez à nez avec Lorisseau. De tous ses anciens camarades, Lorisseau était peut-être celui qu'Étienne eût le moins aimé à rencontrer. Mais c'est toujours un lien d'avoir été élevé à la même école, nourri de la même éducation et de se tutoyer. La reconnaissance se fit donc par les exclamations ordinaires :

— Tiens ! c'est toi !...

— Eh! oui... c'est moi. Qu'es-tu devenu !

Ce fut Lorisseau qui conta le premier son histoire. Il avait été flanqué à la porte du lycée, à la suite d'une algarade dont il riait beaucoup. Et, ma foi! il avait tiré sa révérence à l'Université, cette *alma mater*, qui ne donnait à ses enfants que du pain sec et de l'eau claire. Il avait depuis essayé vingt métiers, car il savait se retourner, et comme il disait en son langage : il était *débrouillard*. Il faisait en ce moment des affaires à la Bourse, et il y gagnait beaucoup d'argent.

— Et les amours? dit-il à Moret avec la même intonation gouailleuse dont il usait jadis à Rodez.

Moret ne répondit que par un haussement d'épaules.

— Alors, ça ne va pas, les amours? Eh bien moi...

Et Lorisseau enfila l'histoire des grandes

dames qui l'avaient comblé de leurs faveurs
et se disputaient sa possession. Étienne n'é-
coutait qu'à demi ce flux intarissable de
paroles, et ses pieds continuaient de le porter machinalement à la maison qu'habitait
la mère Dumont· et sa fille. Il s'arrêta sur
le seuil et tendit la main à son obstiné camarade, comme s'il voulait prendre congé de
lui.

— Tiens ! c'est ici que tu demeures, lui
dit Lorisseau. Je vais monter avec toi ; il
faut que je voie ton petit *buen retiro*.

Le visage de Moret s'empourpra. Il re-
connut tout de suite la faute qu'il avait faite.
Il aurait dû repousser dès l'abord les fami-
liarités de Lorisseau par un accueil froid et
sec. Il aurait dû ensuite ne pas l'amener
au bord d'un secret qu'il n'eût voulu pour
rien au monde lui dévoiler. C'était toujours
son déplorable manque de décision, c'était sa
faiblesse de caractère qui avait fait tout le
mal. Quelle résolution prendre à cette heure?

Il restait sur le pas de la porte, les jambes
fichées au sol, l'air si piteux, que Lorisseau
éclata de rire :

— Comment! lui dit-il, tu rougis de ta
chambre, toi, un philosophe! Si tu crois que
je ne sais pas ce que c'est qu'une chambre
d'étudiant, faite par un portier!

— Ce n'est pas cela, murmura Étienne
découragé.

— Ah! vieux sournois, il y a une femme!
Monsieur aura donc partout des femmes!
Toujours don Juan! de plus en plus Lovelace! Brummel *for ever!* Tu vas me montrer
cette beauté mystérieuse. Je ne te la chiperai
pas, sois tranquille. J'éteindrai mes rayons.
Ne sois donc pas bête comme ça. Montons.

Étienne ne faisait pas mine de monter.
Il suait à grosses gouttes, gardant le silence,
hésitant sur le parti où s'arrêter, n'osant ni
rompre ouvertement, par une brusque boutade, avec cet intolérable fâcheux, ni lui
révéler le secret de ses amours.

14.

C'est le hasard qui dénoue toujours les situations que nous n'avons pas la fermeté de trancher nous-mêmes, et il est rare qu'il les dénoue à notre avantage. Tandis que Étienne s'attardait, en proie à ces perplexités, on entendit un pas lourd dans l'escalier. C'était celui de la mère Dumont qui descendait aux provisions.

— Ah! c'est vous, monsieur Étienne, dit-elle avec un sourire, à notre ami. Pauline est là-haut; si vous voulez monter chez nous, vous lui donnerez un bout de leçon en m'attendant. Je ne serai pas longtemps à revenir.

Lorisseau se détacha de l'ombre, et, s'avançant tout à coup vers la personne qui venait de parler :

— Madame, dit-il avec l'air d'un homme qui fouille en de vieux souvenirs, madame... Dumont, n'est-ce pas?

— Pour vous servir, monsieur, si j'en suis capable.

— Oh ! je me rappelle très-bien. Permettez-moi de me présenter moi-même, puisque mon ami a négligé cette petite formalité.
Jean Lörisseau, un des plus vieux et des
meilleurs camarades de votre cher Étienne,
quart d'agent de change, pour vous servir,
si j'en suis capable, ajouta-t-il en imitant
de la façon la plus drôle l'intonation de la
bonne femme.

A ce mot d'agent de change qui lui ouvrait
des perspectives de fortune incalculables,
elle ouvrit de grands yeux et fit une profonde révérence :

— Très-honorée, monsieur, très-honorée..

Elle perdait la tête devant un personnage
si considérable et balbutiait.

— Vous me permettrez, reprit cavalièrement Lorisseau, vous me permettrez, chère
et bonne madame Dumont, de monter avec
mon ami Étienne et d'assister à la leçon.

— Mais, comment donc, monsieur? faites...
les amis de monsieur Étienne sont nos

amis... Très-honorée, monsieur, très-honorée. Je reviens à la minute.

— Non, faisons mieux. Je vois que vous
allez aux provisions pour le dîner. Ne niez
pas; vous avez au bras le panier classique
des ménagères, remontez avec nous, je vous
emmène tous dîner chez Foyot, et de là, nous
finirons la soirée à l'Odéon. Je connais le
chef du contrôle; il nous ouvrira une loge.
Ça y est-il?

— Si ça y est! Jésus, mon Dieu! Mais vous
êtes un ange descendu du ciel. Un dîner au
restaurant! Le spectacle!

Pauvre Moret! il était au désespoir; et néanmoins, à travers les inquiétudes dont il se
sentait dévoré, il éprouvait je ne sais quelle
vague admiration pour ce garçon si délibéré,
si prompt à saisir les circonstances favorables, si aisé à tourner les obstacles, si preste
à les franchir. Ah! que ne suis-je ainsi! s'é-
criait-il intérieurement, par un retour douloureux sur sa timidité et sa maladresse.

Le trio monta l'escalier. Madame Dumont avait retrouvé ses jambes de quinze ans. Elle se précipita dans la chambre.

— Ma fille! ma fille! cria-t-elle essoufflée, habille-toi vite, nous dînons au restaurant, et de là, allons à l'Odéon. C'est monsieur qui nous invite... M. Jean Lorisseau, le meilleur de M. Étienne.

Lorisseau s'approcha d'elle, et gaillardement, avec une grande désinvolture de bonne humeur mêlée de galanterie :

— Mademoiselle Pauline, n'est-ce pas? Eh bien! les amis de nos amis, comme disait tout à l'heure madame votre mère, sont nos amis ; permettez-moi de vous embrasser.

Et sans attendre la permission, il lui planta deux longs baisers sur les joues. Puis se tournant vers la vieille :

— Elle est charmante, votre Pauline, mère Dumont; jolie comme un cœur et fraîche comme une rose. Diantre! vous avez là un beau brin de fille.

Tandis qu'il parlait, il sentit quelque chose qui lui grouillait aux jambes et essayait de grimper à son pantalon.

— Et moi, dit une voix flûtée, tu ne m'embrasses donc pas?

— C'est un de mes deux gamins, dit la mère Dumont.

Lorisseau fouilla à sa poche, et en tira une bonbonnière :

— Attends! j'ai quelque chose pour toi, là. Ouvre la bouche et ferme les yeux.

— Embrasse-moi à présent.

L'enfant lui serrait le cou de ses petits bras.

— Ah çà! pensait à part lui le malheureux Étienne, cet animal-là a donc toujours ses poches bourrées de bonbons tout exprès pour faire la conquête des petits enfants dans les maisons où il va! Le voilà qui est à cette heure plus de la famille que moi! Il ne connaissait pas madame Dumont il y a dix minutes, il l'appelle : *la mère!* il dit : *Pauline* tout court! il l'embrasse!

C'était surtout ces deux baisers, si gaillardement donnés et reçus, qui avaient offus-
qué et déconcerté notre ami. Quand on songe
que lui, le vieil ami de la maison, lui qui
les avait tous aidés de sa bourse, de son
temps, de son cœur, lui qui leur avait témoigné un dévouement si passionné, il n'avait
encore posé que trois fois ses lèvres sur les
joues de Pauline! La première, le jour de son
départ pour Rodez; la seconde, à son retour,
et la dernière à un anniversaire de naissance.
Et cette marque de tendresse, qu'il estimait
à un si haut prix, qu'il attendait, comptant
les heures et le cœur lui battant dans la
poitrine, un inconnu la prenait en se jouant,
avec une incompréhensible affectation de
familiarité! Et tout le monde avait l'air de
trouver naturel ce renversement inouï de
toutes les bienséances! On en faisait une
manière de badinage.

Étienne se sentit pris d'une envie furieuse
de ramener sur lui l'attention de la famille,

de distraire Pauline de la conversation de
Lorisseau :

— Nous ne pourrons, dit-il, prendre la
leçon accoutumée. Il nous reste un peu de
temps avant le dîner ; si vous voulez, tandis
que Lorisseau ira retenir un cabinet et commander le dîner...

— Ah mais! s'écria Lorisseau, tu nous
ennuies avec tes leçons. Qui est-ce qui m'a
donné un pédant de cette espèce? Dites donc
Pauline, est-ce qu'il est toujours comme ça?

Et comme il avait le petit bonhomme a
califourchon sur son genou :

— Je te fais sauter au galop si tu répètes
ce que je vais dire.

— Je veux bien, répondit l'enfant.

— Eh bien, répète après moi : « Ami
Étienne, tu nous embêtes. »

Le bambin reprit de sa petite voix clairette :

— Ami Étienne, tu nous embêtes !

La mère Dumont, Pauline et Lorisseau
éclatèrent de rire.

— Dis encore pour voir, dis, mon chéru-
bin.

Et le jeune drôle, enchanté de son succès,
glapissait de plus belle :

— Ami Étienne, tu nous embêtes !

— La vérité sort de la bouche des enfants,
observa Lorisseau en forme de conclusion.

Étienne enrageait, mais que pouvait-il
faire? Il n'était pas de force. Il se sentait
démonté et roulé par cet esprit de commis
voyageur.

— J'ai une autre proposition à vous sou-
mettre, reprit Lorisseau. Allons-nous-en faire
un tour de jardin au Luxembourg et gagner
de l'appétit en attendant le dîner.

— C'est cela! s'écria joyeusement Pauline.

On laissa les deux bébés aux soins d'une
voisine et l'on partit. Il fallut bien qu'Étienne offrit, comme il en avait l'habitude, son
bras à la mère. Lorisseau s'empara sans
façon de celui de la fille, et les voilà tous

15

deux, marchant devant, gais comme des pinsons échappés de la cage.

— Quel bon, quel excellent garçon que ce brave Étienne! commença Lorisseau. Il n'y a pas son pareil. Un cœur d'or! Et quand il aime les gens, il les aime bien.

— Oh! çà, il se jetterait au feu pour leur rendre service, interrompit la jeune fille.

— Au feu, oui, mais pas à l'eau. Il n'aime l'eau que pour en boire, et ça ne suffit pas pour les mains.

Une fois que la conversation eut pris ce tour, elle ne le quitta plus. Lorisseau se mit à conter sur son camarade et leur séjour à Rodez une foule d'histoires saugrenues, qu'il entremêlait de grosses plaisanteries. Ce pauvre Étienne, qui marchait derrière, entendait par intervalles son nom, que lui apportaient des bouffées de vent, quelques lambeaux de phrases et de grands éclats de rire. Il souffrait cruellement; mais quoi! il fallait faire bonne contenance, et, pour le réconforter sans doute, la mère Dumont, sans y entendre malice, les lui montrait tous les deux, se donnant le bras : « N'est-ce pas qu'ils sont gentils? » disait-elle.

On traversa le jardin du Luxembourg; les promeneurs y étaient nombreux, le soleil étant fort beau. Étienne, pris à l'improviste, avait gardé ses habits de tous les jours, qui n'étaient par malheur pas des mieux tenus. Ils étaient horriblement râpés et, ce qui est pis encore, mal brossés et couverts de vieilles taches. En temps ordinaire, l'insouciant garçon ne prêtait nulle attention à ces détails. Mais en plein air, dans un jardin où tout le monde était plus ou moins en toilette, près de celle qu'il aimait, vis-à-vis d'un rival élégamment vêtu, il éprouva je ne sais quel malaise à se voir si mal habillé et tout en loques. Les souliers qu'il avait aux pieds lui étaient surtout une horrible gêne. L'un d'eux était crevé, et, pour dissimuler ce hideux bâillement de la chaussure, il marchait, autant qu'il lui était possible, en serrant les pieds l'un contre l'autre. Il crut que cette promenade ne finirait jamais. Au moins, à dîner, se disait-il, nous serons tous ensemble ; je pourrai entendre ce qu'ils se disent, et mes malheureux souliers seront cachés sous la table.

On s'en fut chez Foyot, qui était en ce temps-là un restaurateur à la mode, près de l'Odéon. On prit un cabinet, et Lorisseau, avec l'aisance d'un homme habitué à organiser ces petites fêtes, commanda le menu.

— Eh bien, dit-il à son camarade, avec un air de protection et de fatuité, que deviens-tu à cette heure ? Que fais-tu ? Il ne me paraît pas que tu roules sur l'or, mon pauvre ami.

En peu de mots, Étienne conta sa chance ; il venait d'être engagé comme secrétaire par Sincou, l'illustre professeur Sincou. Il espérait que ce nom, connu de toute l'Europe, éblouirait Pauline. Mais hélas ! Pauline n'avait pas plus entendu parler de Sincou que de Molière. Cette immense réputation n'avait jamais franchi ses cinq étages.

—Et qu'est-ce qu'il vous donne? demanda la mère Dumont, toujours pratique.

— Oh! nous ne sommes convenus de rien: Je n'aurais pas voulu faire de conditions à un si grand homme. Je puis avoir toute confiance en lui.

— Crois ça et bois de l'eau, mon bonhomme, s'écria Lorisseau. Ton Sincou est un maître ès blagues, je ne dis pas, et personne ne tourne comme lui une phrase sur la vertu en général et sur le désintéressement en particulier. Mais c'est un pingre numéro un, de qui tu ne tireras jamais un sou. Il faudrait être plus malin que tu n'es pour mater un gaillard comme lui. Sais-tu ce qu'il te répondra, quand tu iras, si tu l'oses jamais, lui demander ton argent?

Et alors voilà Lorisseau qui se met à faire, avec une verve de tous les diables,

une de ces scènes d'imitation où il excellait.
Il prend tour à tour la voix du professeur
et celle d'Étienne ; il établit entre eux le
plus drôle de tous les dialogues, prêtant à
son ami des mots de Jocrisse, dont les deux
femmes, la fourchette à la main, se pâment
de rire. Il n'en perd pas un coup de dent,
demande du champagne et trouve moyen, en
le débouchant, d'envoyer un flot de mousse
sur le nez d'Étienne. Il a à sa droite la mère
Dumont, et Pauline à sa gauche, côté du
cœur. Il les embrasse tour à tour, en con-
tant mille folies. Jamais Pauline ne s'était
tant amusée. Ses yeux, noyés de plaisir,
étincelaient, et, sur ses lèvres demi-ouver-
tes, flottait le sourire de la volupté.

A un instant, Étienne, ayant laissé tomber sa serviette, se baissa pour la ramasser,
et il aperçut, sous la nappe, le pied de Lorisseau fortement appuyé sur le mignon sou-
lier de sa voisine. On eût dit, quand il se
releva, qu'il venait d'être frappé d'un coup

de sang. Lorisseau goguenardant le compara
au soleil.

Et s'interrompant tout à coup:

— Pourquoi, dit-il à Étienne, du ton froid
du pince-sans-rire, pourquoi me fais-tu des
avances?

— Moi, des avances! balbutia Étienne
ahuri.

— Oui, tu allonges ton pied sur le mien,
tu le serres... Ah! tu te trompes; il se
trompe, le polisson. C'est le vôtre qu'il
cherchait, Pauline. Dis donc, la maman Dumont, il faudra que tu veilles à ça. Tu veux
bien que je te tutoie, n'est-ce pas? Moi d'a-
bord, tu peux me tutoyer, et toi aussi ma
petite Pauline; il n'y a rien qui me gêne
comme de dire *vous* aux gens que j'aime.
Allons, maman, encore un verre de vin de
Champagne!

Ce Lorisseau était intarissable. Il aurait
parlé deux heures de suite, sans désemparer.
La vue d'une jolie fille le grisait toujours;

les deux femmes qu'il avait à ses côtés
étaient légèrement émues : Pauline avait
laissé tomber sa main dans la sienne, et elle
répondait à toutes les folies qu'il lui débi-
tait, les entremêlant de déclarations pas-
sionnées, par une lente et voluptueuse pression des doigts.

Nous allons manquer le spectacle, observa
judicieusement la mère Dumont.

— C'est juste, dépêchons-nous, dit Lorisseau.

Il paya et affecta de laisser sur l'assiette
un pourboire considérable.

— Tu oublies ta monnaie, lui dit Étienne.

L'autre répondit par un *peuh !* plein de
mépris. Ce *peuh!* et le geste qui l'accompagnaient semblait dire : Est-ce que je compte
moi? est-ce que je suis un pleutre? J'ai des
habitudes de grand seigneur, et toi, tu n'es
et tu ne seras jamais qu'un cuistre.

Pauline se suspendit à son bras, et s'y
appuya doucement, avec des câlineries de

chatte amoureuse. Ils étaient un peu en retard ; Lorisseau ne put se faire ouvrir une
loge, ou plutôt il s'était vanté en disant qu'il
avait ce pouvoir; mais il la loua sans marchan-
der. Les deux femmes se placèrent, sur le
devant, et il se posta derrière la jeune fille
se penchant sur le dos de sa chaise, ce qui
lui permettait de lui souffler tout bas à l'o-
reille :

—Tu sais que je t'aime comme un fou!..
Quand te reverrai-je?...

Et il s'amusait à taquiner du bout de son
index les petits poils qui frisaient sur sa
nuque, elle frissonnait d'un plaisir inconnu
à ce léger contact. Étienne observait tout
ce manége en silence. Il était torturé ; mais
ce qui surnageait encore, c'était l'étonne-
ment. Il ne comprenait pas comment un
être qu'il savait méprisable en avait fait plus
en trois heures de temps que lui en trois
années d'amour vrai et de discrets sacrifices.

—Il faut, se dit-il, que ce soit une posses-

15.

sion. Mais ils vont se séparer, ce sera pour
toujours, heureusement, et je la ramènerai.
Elle a du bon sens, au fond. Elle verra bien
quel triste sire est ce commis voyageur de
Lorisseau.

Au dernier entr'acte, le triomphant Lovelace offrit à la jeune fille de la conduire au
foyer. Étienne arrondit son bras pour le présenter à madame Dumont; mais la bonne
femme, ayant regardé la toilette de son ca-
valier, déclara qu'elle préférait ne pas sortir. Étienne resta donc auprès d'elle. Tandis que ses yeux erraient mélancoliquement
dans la salle, la porte de la loge s'ouvrit.
C'était l'ouvreuse, qui venait demander pour
les petits bancs. Étienne jeta un regard éperdu
sur le couloir; il ne vit pas poindre la redingote de Lorisseau. Il fouilla dans ses poches,
et, après les avoir retournées toutes, il réu-
nit dix-huit sous, en gros sous, qu'il mit
dans la main de la préposée. C'était sa
journée du lendemain qui passait dans cette

inutile dépense. Il eut le cœur d'autant plus
serré qu'à ce moment même Lorisseau entra
et jeta négligemment une pièce de deux
francs à cette même ouvreuse, qui se con-
fondit en remercîments ! Ah! s'il avait osé,
comme il lui eût redemandé ses malheureux
dix-huit sous !

De l'Odéon à la rue de Condé, le trajet
n'est pas long. Mais on prit le chemin des
écoliers : Lorisseau prétendit qu'il n'y avait
pas de spectacle comparable à la vue des
quais illuminés le soir. On y fit donc un
tour, et une heure sonnait à toutes les hor-
loges quand les deux dames se trouvèrent
à leur porte. Lorisseau embrassa encore une
fois la mère Dumont sur les deux joues, et
comme il en faisait autant à sa petite amie,
elle se pencha à son oreille.

— Non, lui dit-elle tout bas, j'ai réfléchi.
Pas chez nous, ça ferait jaser. A demain,
midi, au Luxembourg, sous la statue de
Velléda.

Étienne n'entendit rien, mais il devina
bien qu'il se tramait quelque chose de sus-
pect; · il rentra navré, se jeta sur son lit
sans se déshabiller, et sanglota toute la
nuit.

Comme tous les gens qui sont à la fois
éclairés d'esprit et faibles de caractère, il repassait en son âme tous les moments de cette
funeste journée, et notait tous ceux où il
aurait pu d'un mot arrêter les événements
et en changer le cours. Il voyait nettement
ce qu'il aurait fallu dire et faire; il s'arra-
chait les cheveux de honte et de désespoir
en songeant qu'il avait ainsi sans nécessité
par pure et moutonnière bêtise, laissé pénétrer ce fat qu'il méprisait dans les mystères
les plus délicats de sa vie intime.

— Et ce sera toujours de même, s'écriait-
il, toujours... toujours!... Eh bien, non! je
lutterai, je paierai d'audace comme les autres;
comme eux je mettrai sous mes pieds et les
sottes pudeurs de la fausse honte, et les

considérations de toutes sortes dont je me suis garrotté moi-même jusqu'à présent. J'ai un nouveau poste, près d'un écrivain illustre, qui a fait son chemin tout seul, à force de talent, de travail et de hardiesse, je prendrai modèle sur lui! C'est assurément un homme bon, puisque c'est un grand homme. Il me tendra la main, et j'arriverai derrière lui, sinon à la fortune, au moins à la réputation, peut-être à la gloire. Pauline saura ce qu'elle a perdu, en me chassant de son cœur. Et qui sait? peut-être me reviendra-t-elle?

Et notre héros, saisi d'un bel enthousiasme, se prit le poignet et fit, aux premières lueurs du jour naissant, le serment solennel d'être un homme, et un homme hors ligne. Après quoi, le sang rafraîchi, il s'endormit d'un profond sommeil. Il était huit heures quand il se réveilla.

— Ah! mon Dieu! s'écria-t-il, et mon professeur qui m'a recommandé d'être là à six heures justes. Voilà qui est joliment débuté!

Il se jeta sur ses hardes et s'habilla en un tour de main.

Quand il arriva rue de la Sorbonne, chez l'illustre philosophe, un courroux olympien chargeait de sombres nuages le front du maître.

— Il y a deux heures vingt-cinq minutes que je vous attends, jeune homme, lui dit-il d'une voix majestueuse et irritée. Souvenez-vous que le monde appartient à ceux qui se lèvent matin. Le soleil qui, par une grâce sans cesse renouvelée ou plutôt par une création continue de la Providence, renaît chaque jour pour échauffer la terre, rafraîchit en même temps les esprits des hommes et verse dans nos intelligences réveillées les clartés sereines de ses rayons. Ces trois heures que vous avez perdues au lit doivent être rayées par vous du livre de votre existence. En vain, jeune homme, vous tendrez les mains pour les ressaisir, elles

vous ont échappé pour toujours ; elles sont
enfouies dans l'éternelle nuit du passé. *Fugit
irreparabile tempus ;* n'oubliez jamais ce bel
hémistiche du Cygne de Mantoue. Pour moi,
si j'ai pu contribuer à la gloire de notre
chère patrie, et répandre quelques idées utiles
parmi les peuples, si j'ai tenu haut et ferme
le flambeau sacré de la philosophie, c'est que
tous les matins, au retour de l'aurore, nous
nous sommes régulièrement vus, le soleil et
moi, face à face, éclairant chacun le monde
de la lumière qui nous est propre. Le sommeil est l'image de la mort, et le lit est le
tombeau de la pensée. Autour de la couche
où le paresseux s'abandonne à un lâche repos
voltigent de vains fantômes, qui ne sont que
les caprices d'une imagination sans règle...

Ici le grand homme s'arrêta un instant,
prit haleine, et sans changer de ton :

— Prenez du papier, monsieur, une plume
et de l'encre, et écrivez sous ma dictée.

Quand il vit son nouveau secrétaire ins-

tallé, la plume en l'air dans l'attitude d'un
homme qui attend, il recommença à se promener à travers la chambre, et tout à
coup :

— Vous y êtes? bien ! « Souvenez-vous que
le monde appartient à ceux qui se lèvent
matin. Le soleil qui, par une grâce sans cesse
renouvelée, ou plutôt par une création continue de la Providence... »

Étienne, stupéfait, avait relevé la tête et
semblait interroger le patron :

— Eh bien! qu'y a-t-il? pourquoi n'écri-
vez-vous plus?

— Pardon ! répondit Étienne, c'est que,
si j'ai bonne mémoire, ce sont les propres
paroles que vous me faisiez l'honneur de
m'adresser à l'instant, et je ne sais si je
dois...

— Mais assurément vous devez. Qu'est-
ce cela! Apprenez, jeune homme, par ce
mémorable exemple, qu'il ne faut jamais
rien perdre. « La prévoyante nature...» écri-

vez, je vous prie... «la prévoyante nature...»
Eh! non, pas sur le même papier. C'est un
autre développement...«La prévoyante nature
rejette incessamment dans son creuset toujours en fusion les scories et les détritus...»
Est-il permis de dire *détritus*? c'est un mot
bien moderne, et qui pue la science.

Et ce bon Étienne écrivait sans malice :

« Est-il permis de dire *détritus*? c'est un
mot bien moderne et qui pue la science. »
L'illustre philosophe, passant derrière lui,
s'en aperçut :

— Ah çà! s'écria-t-il, que faites-vous là?
vous voyez bien que c'est une parenthèse!

— Eh bien! monsieur, répondit Étienne,
qui pour la première fois de sa vie peut-être
eut de la présence d'esprit, il ne faut rien
laisser perdre d'un homme comme vous,
même les plus simples parenthèses. On peut
toujours les utiliser.

— C'est juste, reprit le philosophe; bien...
très-bien... mais souvenez-vous qu'*utiliser*

n'est pas de la bonne langue. J'oserais même
affirmer que le mot n'est pas français. Vous
n'en trouveriez pas un seul exemple dans tout
le xvii° siècle.

— Mais, objecta timidement Étienne, à
qui son succès donnait de la hardiesse, si les
gens du xvii° siècle s'étaient contentés de
la langue que parlaient leurs arrière-grands-
pères, nous ne les prendrions pas aujourd'hui
pour modèles et pour maîtres.

— Mon jeune ami, il y a des époques heu-
reuses entre toutes, des époques bénies.....
Écrivez, s'il vous plaît... des époques bénies
où le langage, arrivé à son point de perfec-
tion, est comme un merveilleux outil sans
défauts aux mains de la raison...

Et le grand homme, embarqué dans ce
développement, ne s'arrêta que lorsqu'il eut
épuisé le lieu commun. Il prit les trois mor-
ceaux, les relut soigneusement, et les serra
ensuite chacun dans un carton disposé à cet
effet, et qui portait une rubrique différente.

— Et maintenant, dit-il en se frottant les mains, nous allons travailler.

Étienne resta saisi. Il y avait bien deux heures qu'ils étaient là tous les deux, l'un dictant, l'autre écrivant, et ce n'était pas un travail !

Qu'est-ce donc que ce diable d'homme entend par *travailler?* Étienne était aux premières loges pour l'apprendre.

Le philosophe était, à cette époque, en train d'élaborer un traité sur *le beau, le vrai et le bien,* dont l'éditeur attendait le manuscrit.

Il avait pour habitude de composer en marchant, comme s'il faisait un discours à haute voix.

Il trouvait que cette manière d'écrire donnait au style un tour plus oratoire. Il dictait ainsi vingt ou trente pages sans désemparer ; le lendemain il les reprenait et, retranchant d'un côté, ajoutant de l'autre, resserrant la phrase ou arrondissant la période, il dictait une nouvelle version qui n'était pas la der-

nière. Il la repassait lui-même à la plume,
lui donnait le dernier coup de pouce, après
quoi son secrétaire n'avait plus qu'à la mettre au net.

Midi sonnait quand l'illustre philosophe
suspendit la séance :

— C'est l'heure du déjeuner ; vous devez
avoir faim, mon jeune ami. Je vous invite à
prendre votre chapeau et à aller déjeuner
solidement, mais sans excès. Manger peu est
le seul moyen de se garder la tête libre.
L'estomac est un serviteur qui se révolte
bientôt, si on ne le dompte...

— Ah ! mon Dieu ! pensa Étienne, si je le
laisse aller, il va me dire de reprendre ma
plume. Il se précipita sur son chapeau. Il sentait d'insupportables tiraillements d'estomac,
et comme il touchait le bouton de la porte :

— Je vous donne trois quarts d'heure pour
déjeuner. C'est plus qu'il n'en faut à votre
âge, où les dents sont bonnes, et où l'on a
bien vite fait d'expédier son repas. Mais je

vous crois un peu sybarite, il faudra vous ré-
former sur ce point. Le monde est à ceux qui
mangent peu et vite.

Il parlait encore, que déjà Étienne avait
dégringolé l'escalier. Il entra comme un coup
de vent dans un de ces petits restaurants du
quartier latin, où l'on déjeune à la portion.
Il se fit servir un plat de viande, et il faut
croire que le philosophe n'avait pas rencontré juste en parlant de ses dents, car il n'en
put venir à bout; il engloutit en revanche
des montagnes de pain, le pain étant, selon
l'usage, à discrétion. Cet appétit féroce dans
un être aussi chétif fit à la fois l'admiration
et le désespoir du maître de l'établissement.
Aussi, lorsque Étienne demanda un morceau
de fromage, lui répondit-on sèchement qu'il
n'y en avait plus.

— Plus souvent, dit à demi-voix le gar-
gotier en chef à l'un de ses habitués, plus
souvent que je m'en vais servir du fromage
à cet affamé : il me dévorerait encore un

pain de quatre livres. Où peut-il fourrer tout
ce qu'il entonne?

Le soleil brillait au ciel d'un vif éclat, et
notre ami se sentit comme une velléité de
prendre l'air, de faire un tour au Luxembourg.
Hélas! il ne se doutait guère de ce qu'il y
eût rencontré s'il avait cédé à cette funeste
envie. Lorisseau et Pauline, la main dans la
main, assis sur un banc, se juraient une tendresse éternelle, et, par ci, par là, un bruit
furtif de baiser dérobé derrière un vieux tronc
d'arbre frôlait l'oreille du gardien, qui riait
sous cape, en songeant à ses jeunes amours.

Étienne remonta dans le cabinet de son
patron. C'était une immense salle qui n'avait
pour tous meubles qu'une table au milieu,
deux ou trois chaises, et tout autour, le long
des murs jusqu'au plafond, des corps de
bibliothèque chargés de livres poudreux. Une
double échelle très-haute, et dont la manœu-
vre paraissait assez difficile, restait en per-
manence à l'un des coins de la chambre.

C'était sur la table un indescriptible fouillis
de livres, de papiers, de lettres à répondre,
de notes, et au milieu un superbe encrier
en bronze, reposant sur une large malachite
où l'on pouvait lire ces mots gravés :

A L'ILLUSTRE PHILHELLÈNE SINGOU
les Grecs reconnaissants.

Le jour entrait dans cette bibliothèque par
deux larges fenêtres. Pourquoi la lumière, si
gaie au dehors, prenait-elle, en pénétrant
dans cette salle de travail, un air de sévé-
rité morose ? L'atmosphère était chargée de
ces émanations qui s'échappent des vieux
bouquins, et il se dégageait de tout cet ensemble comme un parfum de vie claustrale,
qui se trouvait être en harmonie avec les
sentiments secrets de notre héros.

— Vivre ici, se dit-il, cloîtré, obscur et
travaillant; fermer sa vie aux romans et aux
distractions du dehors ; s'enfoncer dans l'étude, écrire quelque livre ignoré, que consul-

teront plus tard une demi-douzaine de savants
eh bien ! c'est là un avenir, après tout.

Et il se mit, en attendant le maître, à
circuler autour de la bibliothèque, regardant
les dos et les titres des ouvrages tassés sur
un triple rang.

— Allons ! au travail ! au travail ! lui
cria la voix du patron : allez-moi donc chercher là-haut, à droite, quatorzième rangée,
treizième volume, la sixième *Ennéade* de
Plotin, édition Creuzer, et apportez-la-moi.

Étienne saisit l'échelle ; mais il n'était ni
adroit ni fort ; il la prit tout de travers et
pensa la renverser sur la table. Le vieillard
bondit sur son fauteuil, arracha l'échelle des
mains d'Étienne interdit, la souleva comme
une plume, l'ouvrit juste à l'endroit dési-
gné, grimpa lestement jusqu'en haut et rap-
portant le livre :

— Vous voyez bien que rien n'est plus
facile... Vous connaissez, sans aucun doute,
lui demanda-t-il, les *Ennéades* de Plotin ?

Non? vous ne les connaissez pas?... Ah! que vous êtes heureux ! car vous aurez, vous, le plaisir de les lire pour la première fois... Le sixième livre de la première *Ennéade*, qui traite du *beau*, a été édité par Creuzer, à Heidelberg ; un texte admirablement correct ; et, à côté, si par hasard quelque membre de phrase vous embarrassait, la traduction latine de Ficin. Vous me lirez ce volume aujourd'hui et vous me copierez avec soin toutes les phrases qui pourraient avoir quelque rapport avec le chapitre que je vous ai dicté tout à l'heure. Je les mettrai en citations ; cela fait bien pour les Allemands. C'est une affaire de cinq ou six heures au plus. Je vous laisse ; il faut que je me rende à l'Académie. Vous pourrez aller dîner à six heures ; la soirée vous appartient. Adieu jeune homme. Nous ferons quelque chose de vous.

Et il lui tendit la main. Étienne se mit à l'ouvrage avec ardeur. La langue des phi-

losophes alexandrins ne lui était pas encore
bien familière, en sorte qu'il n'avançait que
malaisément à travers les broussailles d'un
texte difficile.

Il avait à peine abattu la moitié de sa
tâche quand six heures, sonnant à la Sorbonne, lui rappelèrent l'heure du dîner. Il
fourra dans sa poche le sixième livre de la
première *Ennéade*, bien décidé à en achever
la lecture cette même nuit.

Il crut pouvoir auparavant s'accorder quelques heures de récréation, et s'en fut demander à madame Dumont une place à sa
table.

Il craignait d'être mal reçu de la jeune
fille; point du tout. Elle fut charmante pour
lui. Elle était d'une animation et d'une gaieté
qui firent grand plaisir à ce pauvre Moret.
Elle ne tenait pas en place; elle sautillait
comme un oiseau par la chambre; elle chantait, elle abondait en saillies plaisantes,
d'une originalité folle.

— Qu'as-tu ? lui disait sa mère, étonnée
de cette verve. Tu n'es pas dans ton assiette.

— J'ai que je suis heureuse... heureuse de
t'embrasser (et elle lui passait les bras autour
du cou), heureuse d'être assise à côté de ce
bon M. Étienne, qui m'aime de tout son cœur
(et elle lui serrait la main sur la table), heureuse d'avoir des frères si gentils et si bar-
bouillés (elle les embrassait à pleines joues),
heureuse de voir le ciel si bleu, heureuse de
vivre.

Elle aurait pu ajouter, et peut-être ajou-
tait-elle tout bas : heureuse d'aimer, car elle
aimait, la malheureuse enfant, et, comme il
arrive toujours, un coiffeur sot et fat. Elle
l'admirait sincèrement : elle avait déjà me-
suré l'infinie distance qui séparait une petite
grisette, ignorante comme elle, d'un homme
si beau et si instruit, et il lui était soudain
poussé un ardent désir d'apprendre, elle
aussi, tout ce qu'il fallait savoir pour pouvoir causer avec son amant, et surtout pour

lui pouvoir écrire. Ah! comme elle se repro-
chait de n'avoir pas profité des leçons d'É-
tienne!

Elle saurait l'orthographe à cette heure!
elle avait cent fois entendu dire qu'une lettre
sans orthographe était pour les jeunes gens
un perpétuel sujet de moquerie!

— Mon bon Étienne, dit-elle avec une
grâce câline à notre ami, nous allons, ce
soir si vous le voulez bien, prendre une vraie
leçon, une leçon de deux heures.

— Oh! deux heures, fit Étienne avec un
geste de doute.

— Pas un mot, ou je vous retiens jusqu'à minuit.

Croiriez-vous qu'il n'était pas en effet loin
de minuit quand madame Dumont avertit
les jeunes gens qu'il était temps de se
séparer! Pauline avait, durant cette longue
séance, déployé une force d'attention si extraordinaire, que son maître en était resté
confondu.

— Vous ferez, lui dit-il, des progrès très-rapides, si vous continuez avec cette application.

— Combien de temps me faudra-t-il pour apprendre l'orthographe?

— Oh! l'orthographe! on ne la sait jamais à vrai dire. Mais, dans quinze jours, vous pourrez écrire très proprement une lettre, qui ne sera point ridicule.

— Dans quinze jours!... quinze jours!... C'est encore bien long.

Elle parut réfléchir un instant et reprit :

— Tenez! voulez-vous que nous fassions une chose pour nous exercer? Je vous écrirai tous les jours une lettre, comme si je vous écrivais, à vous, et vous me la rapporterez corrigée, pour me faire bien voir mes fautes d'orthographe. Voulez-vous?

Ce pauvre Moret fut aux anges, en l'écoutant parler ainsi. Cette idée lui sembla la plus ingénieuse du monde. Il s'imagina que Pauline l'ayant comparé à cet imbécile de

16.

Lorisseau, s'était reprise d'affection pour lui
et qu'elle avait trouvé cet artifice de correspondance supposée pour lui déclarer ses
sentiments secrets sans avoir à en rougir.

Il rentra au logis, heureux et léger, et se
renfonça dans la lecture des *Ennéades*. Il
avait à cœur de satisfaire l'illustre philosophe et de lui apporter ses extraits copiés
et mis au net. Il comptait sur un éloge, ou
tout au moins un remerciment; il n'obtint
qu'une observation.

— Mon ami, lui dit le célèbre Sincou, vous
auriez dû, pendant que vous y étiez, traduire en français les citations que vous avez
choisies. C'est ainsi qu'on se forme le style,
c'est en joutant contre ces maîtres antiques,
qui ont su exprimer des vérités éternelles
dans un style définitif. On sort de cette
lutte, comme Jacob de son combat contre
l'ange, brisé, mais héroïque, et prêt aux
grandes choses. Il n'y a d'excellents écrivains que ceux qui ont beaucoup traduit.

En cherchant à faire passer d'une langue dans une autre les idées d'un homme de génie, on se rend compte des siennes propres, et l'on s'exerce à les peindre de couleurs plus nettes et plus vives. Traduisez donc, mon jeune ami, traduisez beaucoup; vous me soumettrez vos traductions; je les reverrai, je les retoucherai, et je vous ferai l'honneur de les signer si elles sont dignes de porter mon nom. Mais c'est assez causé, remettons-nous à la besogne.

Et le terrible homme recommença de dicter comme la veille, et comme la veille il renvoya à midi son infortuné secrétaire, mourant de faim; et, comme la veille encore, il ressaisit sa proie à deux heures, et ne la lâcha plus cette fois qu'à six heures et demie. Et ce fut ainsi toute la semaine, sans une heure de relâche. Étienne considérait avec épouvante cette furie de besogne. Chose étrange! il y avait pris goût lui-même. C'était comme une sorte d'entraînement. A Plo-

tin avait succédé Proclus et les autres philosophes de l'école alexandrine. Ils s'y était,
à la suite de son maître, plongé d'un élan
éperdu. Il lisait, copiait, commentait, tradui-
sait sous les yeux incessamment ouverts du
patron.

Un détail l'avait singulièrement étonné :
l'illustre Sincou savait assez peu de grec ;
il le comprenait à vol d'oiseau, pour ainsi
dire, et d'intuition. Et néanmoins, quand il
corrigeait la traduction consciencieusement
faite par son secrétaire, il tombait juste presque toujours. Il était guidé par une espèce
d'instinct. La phrase qu'il amendait devenait
plus claire et plus pittoresque, le mot ajouté
faisait image. Parfois il se trompait.

— Oserai-je vous faire observer, disait
modestement Étienne, que ce n'est plus le
sens de l'auteur grec?

— Je le sais, répondait l'intraitable Sincou,
mais c'est l'auteur grec qui a tort ; le morceau fait mieux ainsi.

— Sans aucun doute, mais dans une traduction !

— Une traduction, mon ami, doit être une œuvre originale. Il ne suffit point, quand on présente Platon à des Français, de lui faire dire dans leur langue ce qu'il a écrit en grec ; il faut le faire parler comme il eût parlé lui-même, si le français eût été son idiome maternel...

Et notre philosophe, oubliant son lieu commun de la veille, se lançait dans un nouveau développement, d'où il résultait que l'on n'était un bon traducteur qu'à la condition de ne pas traduire. Et Moret écrivait toujours, recueillant toutes les paroles qui sortaient de la bouche du maître, et les serrant ensuite dans de petits cartons verts, soigneusement rangés et étiquetés.

Le soir, pour se délasser, il donnait trois heures de leçon à l'aimable Pauline. Il était si content de la voir mordre, avec ce joyeux empressement, à la grammaire, à l'ortho-

graphe et à l'histoire, qu'il oubliait de l'observer ; s'il eût été de sang-froid, ou plutôt
si la nature ne l'eût pas doué d'une naïveté
incurable, il se serait bien aperçu, à mille
petits signes fort clairs pour tout autre, que
ce n'était pas précisément pour lui qu'on
voulait acquérir toute cette science.

Dès le surlendemain du jour où les leçons
avaient commencé à devenir sérieuses, Pauline, conformément à la parole donnée, lui
avait glissé dans la main une lettre dont
elle le pria, en rougissant, de corriger les
fautes d'orthographe. Pauvre Moret ! quelques mots se détachèrent de cette dictée,
colorés et lumineux, et vinrent le frapper
au cœur.

« Je sais bien, disait la lettre, je sais bien
que vous m'aimez, et moi aussi je vous aime
tendrement, quoique je n'aie encore jamais
osé vous le dire : je ne me fais point d'illusions. Je n'ignore pas que vous n'épouserez
jamais une petite ouvrière, née dans l'hum-

ble condition où vous m'avez trouvée. Vous voudrez une femme qui soit de votre rang et riche. Mais vous ne vous marierez pas tout de suite. Laissez-moi, en attendant, vous aimer et vous rendre heureux comme je pourrai. »

— Ah! c'est trop! c'est trop! pensa Moret qui relut vingt fois ces charmantes lignes et les savoura délicieusement. Elles étaient en effet criblées de fautes d'orthographe; mais ces fautes mêmes donnaient plus de prix encore à cette lettre, en y ajoutant je ne sais quel air d'ingénuité. Il ne put se résigner à la gâter en les enlevant, et, sans toucher à un seul mot, il enferma précieusement le papier sous triple clef dans le plus secret tiroir de sa commode.

— Eh bien! et ma lettre? lui dit Pauline, le soir; vous ne me la rapportez donc pas corrigée?

— Votre lettre, chère enfant, votre lettre st un chef-d'œuvre; un chef-d'œuvre de

sentiment et de grâce, et l'on ne corrige
pas les chefs-d'œuvre. Permettez-moi de la
garder...

Pauline prit un air boudeur.

— Oh! ne regrettez pas ce que vous m'a-
vez écrit. C'est la seule consolation que j'aie
eue d'une vie toute de luttes et de misères.
Je n'ai jamais été très-heureux, et il y a
grande apparence que l'avenir ne me tient
pas en réserve des années de joie. Je ne
mourrai pas au moins sans qu'un rayon de
bonheur ait illuminé ma nuit. J'espère qu'un
jour je serai digne de cette tendre affection
que vous me témoignez; que je sortirai des
embarras d'argent où je me débats, et que
je pourrai demander à madame votre mère
cette main qui m'a écrit une si jolie lettre.
Écrivez-m'en d'autres, et je vous jure, celles-
là, de vous les rendre, puisque vous y
tenez.

Pauline, tandis qu'il parlait, s'était mise
à sa table de travail; elle prit une belle

feuille de papier blanche, et de sa plus belle
écriture, elle traça ces trois ou quatre lignes :

« A quoi bon s'écrire quand on s'aime?
et vous savez que je vous aime. N'insistez
plus, vous me fâcheriez. Je serai à vous
quand il vous plaira. »

Étienne suivait des yeux la plume, et il
devint pâle comme un mort en lisant la dernière ligne. Et maintenant, dit-elle, corrigez-
moi les fautes.

— Vous le voulez? demanda-t-il; absolument?

— Absolument.

Étienne rajusta les mots mal orthographiés,
et, quand il eut fini, Pauline, roulant la
feuille de papier en boule, la jeta négligemment dans un coin de la chambre.

— Merci, lui dit-elle; ce sera assez pour
aujourd'hui. A demain, je vous prie.

— °A demain donc.

Il se retira, pénétré de reconnaissance
et de tendresse. Pauvre naïf! malheureux

17.

idiot ! Ce dernier incident lui fit plus vivement que jamais sentir la nécessité de gagner
de l'argent, d'avoir une position. Le mois
tirait à sa fin, et ses finances ressemblaient
au mois en cela. Si étroite que fût son économie, il voyait ses dernières pièces de cent
sous filer l'une après l'autre, et il songeait
avec frayeur qu'il lui faudrait bientôt entrer
dans le sombre inconnu de la dette. Mais il
pensait qu'au trente et un, son patron, avec
qui il n'avait encore jamais traité la question
d'appointements, lui payerait ce qu'il avait
résolu de lui donner. Quelle que fût la
somme, elle l'aiderait à attendre ; car il
était décidé à faire les démarches nécessaires
pour rentrer dans l'Université. La somme,
dans son idée, ne pouvait guère être infé-
rieure à cent francs, car il fournissait un
travail effectif de quatorze ou quinze heures
par jour.

Le trente et un se passa, et Étienne n'entendit parler de rien. C'est pour le premier,

pensa-t-il. Mais le premier ne desserra pas
plus que le trente et un les lèvres ni la
bourse de l'illustre philosophe. Le deux, le
trois, le quatre s'achevèrent au milieu des
travaux accoutumés, sans que le maître
soufflât mot du traitement de son secrétaire.
Il se promenait, dictant toujours, dans son
éternelle robe de chambre, et, quand l'occasion s'en présentait, il faisait de belles
phrases sur la générosité, qui ouvre les
mains des riches et sèche les yeux des
pauvres; car il ne haïssait pas l'antithèse,
sans en faire habitude.

Un matin vint enfin où Étienne, après
avoir fouillé tous ses tiroirs, exploré toutes
ses poches de gilet, cherché soigneusement
dans tous les coins, se convainquit de cette
vérité cruelle qu'il n'avait plus un sou à
la maison, et qu'il lui faudrait, chez son
restaurateur, quand on lui présenterait sa
note, au lieu de l'acquitter, comme il l'avait
toujours fait régulièrement, avouer qu'il

était sans argent et demander crédit. Rien
n'est plus simple pour ceux qui en ont l'habitude.

Pour Étienne Moret, qui était timide et
fier, c'était le plus atroce des supplices, la
honte la plus douloureuse. Il se promena
longtemps sur le trottoir, devant la porte,
sans oser entrer. Il jetait sur la devanture,
où s'étalaient d'appétissantes victuailles,
des regards de naufragé. Son estomac, tour-
menté des abominables tiraillements de la
faim, le poussait intérieurement à surmon-
ter cette fausse honte. A chaque fois qu'il
posait la main sur le bouton, le cœur lui
manquait.

Il ne put se décider; mais une idée (la première qui fut venue à tout autre) lui poussa
au cerveau, suggérée par la nécessité. Il
avait égrené dans ses voyages et ses démé-
nagements la plupart des livres qui composaient sa modeste bibliothèque. Il lui en
restait pourtant quelques-uns, presque tous

livres de prix ; je veux dire que c'était des
livres donnés en prix, car ils n'avaient,
hélas! que peu de valeur. Mais c'était de
vieux compagnons d'exil, des camarades de
solitude, des amis d'enfance; Étienne y
tenait par ces mille liens invisibles qui vous
attachent aux objets avec qui l'on a vécu
longtemps et où il semble que l'on ait enfoui
une part de son âme. Il en prit deux sur
la tablette, les épousseta soigneusement, et
courut chez le bouquiniste voisin, qui fit la
grimace en les ouvrant, et lui en donna
quelques sous.

Il acheta un petit pain, remonta chez
l'illustre philosophe, et se remit à sa besogne de l'après-midi.

Vers trois ou quatre heures, comme le
maître continuait de dicter en se promenant
selon son habitude, Étienne se sentit pris
d'un éblouissement singulier. La plume
échappa à sa main défaillante, il se renversa
sur le fauteuil où il était assis, et sa tête,

devenue soudain très-pâle, flottait sur le
rebord du dossier. Il était évanoui.

— Eh bien! vous n'écrivez plus? lui dit
son patron. Qu'avez-vous? mais qu'avez-vous
donc? répéta-t-il, s'approchant du malheureux
garçon.

— J'ai faim! murmura Étienne d'une voix
si faible que l'on eût dit un souffle.

— Comment! vous avez faim et vous ne
le dites pas! Nous allons suspendre la séance.
Descendez vite, mon jeune ami; il y a au
coin de la rue un restaurant qu'on me dit
excellent; prenez votre temps pour dîner :
je vous donne une heure. N'épargnez rien;
il faut à votre âge que le corps se réconforte
solidement. Ce sont les corps souffrants qui
font les âmes débiles. Il est vrai que Bossuet
a dit dans sa langue admirable qu'une âme
forte est toujours maîtresse du corps qu'elle
anime. Mais il parlait de ces hommes merveilleux du dix-septième siècle, chez qui
l'esprit, flamme toujours vivante, échauffait

la matière, et la lançait, fût-ce malgré elle,
aux actions sublimes. Ah! les hommes ont
bien dégénéré depuis cette glorieuse époque!
La langue elle-même, qui est comme le reflet
des mœurs, a subi une décadence sensible,
et dont nous nous plaignons vainement tous
les jours. Personne ne sait plus parler cet
idiome, à la fois net et sonore, qui est la
marque distinctive de la grande époque...
Écrivez, je vous prie... écrivez... ah! pardon! j'oubliais; vous êtes malade... à tout
à l'heure, mon jeune ami, à tout à l'heure.

Étienne se leva péniblement; ses jambes
vacillaient comme celles d'un homme ivre;
un nuage lui interceptait la lumière, et il
eut quelque peine à trouver la porte. Il
descendit en serrant la rampe de toutes ses
forces. Le froid de l'air le ranima. Il entra
dans le restaurant que son maître lui avait
indiqué, et qu'il connaissait, hélas! beaucoup
mieux que lui; il mangea une portion de
viande, sans pain ni vin, et donna son der-

nier sou comme pourboire au garçon, qui
eut envie de le lui rendre, tant le pauvre
diable avait l'air affamé et ruiné.

Le lendemain d'autres livres y passèrent;
puis d'autres encore, puis la bibliothèque ne
montra plus que des tablettes vides; et le
philosophe continuait à ne pas plus toucher
la question d'appointements que si jamais
un secrétaire n'eût été payé au monde.
Étienne aurait dû la trancher dans le vif.
Mais sa gorge se séchait au moment de
prendre la parole. Ce diable d'homme lui
imposait. Il était si savant, si éloquent, si
célèbre! il étalait de si belles maximes sur
le désintéressement et la vertu :

— Qu'est-ce que je risque à attendre un
jour encore? se disait Étienne; et il remet-
tait au lendemain; et le lendemain, il était
aussi embarrassé, aussi honteux que la
veille.

Après les livres, il ne restait plus à Étienne
d'autres ressources que quelques vieux habits

et une montre en argent qu'un de ses élèves
de Rodez lui avait donnée en cadeau, à la
suite d'une longue série de répétitions. Il ne
connaissait le mont-de-piété que de réputation. *Le clou, ma tante,* toutes ces expressions
de l'argot pittoresque des étudiants, lui re-
vinrent en mémoire, quand il fut à bout de
livres à vendre. Il s'informa de l'adresse
d'un bureau auxiliaire, chez la mère Dumont,
qui, plus d'une fois, y avait eu recours en
ses moments d'extrême misère. Que de courage il lui fallut pour pénétrer dans cet
antre, et pour y proposer sa montre d'abord,
puis un vieux pantalon, puis un gilet usé,
puis un paletot d'hiver, le seul qu'il possé-
dât. La somme qu'on lui prêta sur ces menus
objets domestiques était insignifiante; mais
encore l'aidait-elle à cacher sa détresse et
à manger en attendant... en attendant quoi?
il n'aurait su le dire. Il commençait à être
persuadé que son illustre patron était le plus
infâme exploiteur, un irrémédiable égoïste,

un pingre fieffé, le dernier homme qui dût lui tendre la main. Et cependant il sentait une honte invincible à s'expliquer et à rompre avec lui, à lui crier en face : Tu me dois de l'argent, vieux drôle ; donne-m'en, ou sinon je t'arrache, à la face du quartier latin, ton masque d'humanitairerie.

Tout a une fin en ce monde. Après la bibliothèque partie, les effets engagés, les reconnaissances vendues, il fallut bien se résoudre à convenir qu'à moins de voler ou d'emprunter (c'était tout un pour Étienne Moret), on en était réduit à cette dernière nécessité de s'ouvrir au philosophe de sa situation, et de lui mettre le marché à la main. Mais il était dit que ce pauvre Étienne se conduirait toujours tout au rebours des autres.

Au lieu de poser d'un ton tranquille et net la question à son patron, comme il lui était permis de le faire, puisque après tout, il était dans son droit strict, il se monta la

tête, comme il arrive à tous les gens très-
timides, et fit explosion hors de propos.

Au moment même où l'illustre philosophe,
qui ne s'attendait certes pas à cette algarade, débouchait de sa chambre à coucher
dans le cabinet de travail, Étienne, extrê-
mement pâle, mais résolu, se dressa en pied
devant lui, et d'une voix précipitée qui semblait venir de l'autre monde :

— Monsieur, lui-dit-il, voilà deux mois
que je suis à votre service. Je n'ai plus un
sou à la maison, et demain je serai mort
de faim si vous ne me payez aujourd'hui les
appointements qui me sont dus, bien que
nous ne les ayons jamais stipulés.

Il s'arrêta haletant. Il avait prononcé, tout
d'une venue, cette phrase, apprise par cœur,
et il tenait les yeux baissés au plancher.

Le philosophe, étonné du coup, recula
d'abord. Mais, se remettant bien vite :

— Monsieur, lui cria-t-il d'une voix ton-
nante, vous n'êtes qu'un ingrat, un miséra-

ble ingrat. Sachez, monsieur, que l'ingratitude, ce vice honteux, poison de l'âme
humaine... écrivez, mon ami... écrivez, je
vous prie... l'ingratitude...

Et notre ami Étienne, abasourdi ou cé-
dant à la force de l'habitude et à l'ascen-
dant d'un esprit supérieur, s'assit à son
bureau et commença d'écrire, sous la dictée
du maître : *L'ingratitude*...

Le philosophe l'aperçut, et lui lançant
un regard terrible :

— Ceci, monsieur, lui dit-il, est le comble de l'impertinence. Vous moquez-vous de
moi de consigner ainsi par écrit les justes
reproches que je vous adresse? Sortez, monsieur, sortez et ne reparaissez jamais devant
mes yeux. Tout ce que je puis désormais
faire pour vous, c'est de rayer votre nom
du livre de mes souvenirs.

Et du doigt il montra la porte à notre
héros, qui sortit en chancelant.

ÉPILOGUE

Étienne rentra chez lui plus étourdi qu'un homme qui a reçu un coup de massue sur la tête.

Une autre surprise l'y attendait :

— Monsieur, lui dit le concierge, comme il passait devant sa loge, c'est aujourd'hui le huit; voici votre quittance de loyer et votre petite note que nous n'avons pu vous présenter ce matin, parce que vous partez à six heures.

— C'est bien ! donnez ! je vous payerai en descendant, dit Moret, qui mentait pour la première fois de sa vie.

Il monta dans sa chambre et y jeta des regards effarés, y cherchant sans doute

quelque objet à vendre qui eût échappé à
ses premières recherches. La chambre était
nettoyée comme un os de cadavre abandonné
en plein champ. Il n'avait plus d'habits que
ceux qu'il portait sur le corps. Le peu de
linge de rechange qu'il possédait tombait
en loques ; un chiffonnier ne l'eût pas ramassé au coin d'une borne. Il demeura
longtemps la tête dans ses mains, perdu
dans ses pensées, ou plutôt ne songeant à
rien ; dans un état d'esprit voisin de l'hé-
bétement.

L'heure du dîner sonna. Il se leva d'un
mouvement machinal, et descendit comme
il en avait l'habitude. Ses pieds le portèrent
chez la mère Dumont ; il monta et entra
sans frapper, comme un vieil ami qu'il était.
Il vit de dos, dans l'ombre, la mère Dumont
qui était accroupie près du foyer, et dont
le corps tout entier était soulevé par de
longs sanglots. Ce spectacle inattendu le
tira de sa léthargie morale :

— Qu'y a-t-il, mère Dumont, et pourquoi pleurez-vous?

Il n'obtint point de réponse. La bonne femme poussait des soupirs à fondre l'âme, et répétait sans cesse : — Ma fille, ma pauvre fille !

— Est-ce qu'il serait arrivé quelque chose à mademoiselle Pauline?... Comment n'est-elle pas ici?... près de vous?... où est-elle?...

Tandis qu'il adressait ces questions, scandées par de longs silences, un secret pressentiment lui serra le cœur. Il se rappela tout à coup un incident qui ne datait que de trois ou quatre jours, et dont il n'avait pas, du premier abord, deviné le sens. Il se disposait à donner une leçon à Pauline, quand le plus jeune des bébés, lui grimpant aux genoux, lui avait dit :

— Dis donc, ami Étienne, qu'est-ce qu'un chien panzé?

— Un chien panzé? Tu veux dire sans doute un chimpanzé?

— Oui, un chimpanzé. C'est que bon ami Lorisseau a dit comme ça que tu étais un vrai chimpanzé. C'est-y vrai que tu es un chimpanzé?

L'enfant avait reçu de la mère pour sa peine une énorme taloche, et Pauline avait ri aux larmes. Ce mot d'enfant terrible repassa, comme un trait de feu, devant les yeux d'Étienne. Tout lui fut expliqué. Évidemment Lorisseau venait tous les matins familièrement chez la mère Dumont faire sa cour à Pauline : la lettre dont on l'avait prié de corriger l'orthographe était pour ce fat ; elle s'était enfuie avec lui, et c'est sa perte que pleurait la mère, avec une douleur si bruyante.

— Ah! mon ami! s'écria-t-elle, qui l'aurait cru? une fille si honnête, si sage, et qui nous aimait tant! elle a filé sans rien dire, avec ce misérable ; et notez qu'il n'a

rien. Non, mon cher Étienne, il n'a rien
du tout, rien de rien, ce qui s'appelle rien.
Il nous en faisait accroire avec ses vantar-
dises. J'ai vu son concierge, il doit trois
termes. Ah! ma pauvre fille! ma pauvre
fille! et nous, qu'est-ce que nous allons
devenir! nous vivions tous de son travail!
il ne nous reste plus qu'à demander la charité. J'aimerais mieux être morte!

— Et elle n'a rien laissé? pas un mot?
demanda Étienne.

— Si, mon ami, cette lettre.

Et Moret lut ces trois lignes :

« Chère mère,

» C'est plus fort que moi; pardonne à
ta Pauline. Je vais avec lui; il l'a voulu,
et je ne sais pas lui désobéir. Embrasse
bien mes deux frères pour moi. Je vous
aime tous, et si tu le veux, je reviendrai
vous voir.

» Ta fille qui t'aime de tout son cœur,

» PAULINE. »

— Et il n'y a rien autre? interrogea Moret d'une voix altérée.

— Est-ce que vous ne trouvez pas que c'est suffisant?

Oh! si! cela suffisait à notre infortuné camarade. Pas un mot pour lui! pas un mot de remercîment ni de regret! Il sentit qu'il se brisait quelque chose dans son cœur. Le dernier lien qui l'attachait à la vie venait d'être rompu.

Il embrassa la mère Dumont, puis les deux bébés, avec un transport de tendresse que la situation expliquait assez pour que personne ne s'en étonnât, et il remonta quatre à quatre ses cinq étages.

Au haut du troisième, il se trouva nez à nez avec le concierge, qui lui dit :

— Si vous n'avez pas payé demain, à sept

heures, monsieur Moret, on vous mettra dehors. C'est l'ordre du propriétaire.

— C'est bien ! c'est bien ! je payerai tout ce que je dois, répondit Moret.

Arrivé chez lui, il brûla ses vieux papiers, entassa dans un tiroir tout ce qui lui restait d'affaires, prit tout ce qu'il fallait pour écrire une lettre :

« Ma chère Pauline... »

mit-il en tête de la feuille de papier. Puis, se ravisant, il la froissa et la jeta sous le lit : A quoi bon l'attrister ! se dit-il. Mieux vaut qu'elle ignore le mal qu'elle a fait. Et puis, qui sait ? ma mort serait pour eux deux un texte de plaisanteries funèbres. Je préfère m'en aller incognito. Elle ne lit pas de journaux et ne saura jamais que je meurs par elle et pour elle.

Il chercha une autre feuille blanche, qu'il trouva à grand'peine, dans le dénûment de sa chambre d'étudiant, écrivit une autre

lettre qu'il plia et ferma d'un pain à cacheter
n'ayant plus d'enveloppe. Il y mit la suscrip-
tion, descendit dans la rue, et la jeta dans
la première boîte qu'il rencontra.

Une fois libre de ce souci, il marcha d'un
pas plus gaillard et se dirigea vers la Seine.

Il avait. d'abord songé à s'asphyxier,
comme, une grisette, avec un boisseau de
charbon. Il ne put s'empêcher de sourire
tristement en songeant qu'il n'avait pas même
de quoi le payer.

La rivière, c'est le suicide du pauvre. Il
y allait d'un cœur ferme et résolu; pour la
première fois de sa vie, il n'hésitait pas.
La certitude d'une mort prochaine lui avait
rendu le courage et je ne sais quelle allé-
gresse d'âme.

Il était heureux de sentir que sa lutte
contre le destin allait se terminer là, qu'il
lui échappait en se dérobant dans le suicide.

Il se promena longtemps devant la statue

d'Henri IV, attendant que le Pont-Neuf fût désert. La soirée était glaciale, et la neige commençait à tomber. Les passants se faisaient plus rares et filaient d'un pas rapide le nez engouffré dans leurs manteaux. Il remarqua un moment où le terre-plein était désert. Il allait enjamber la balustrade quand il aperçut un chiffonnier qui passait par là, sa hotte sur le dos; il le héla.

— Eh! mon brave! lui cria-t-il, voulez-vous un habit en guenilles?

— Vous voulez rire, mon bon monsieur!

— Non, mon brave, je ne veux pas rire et ne ris pas. Prends ceci, prends.

Il ôta lestement sa redingote et son gilet, les jeta dans la hotte du chiffonnier, et d'un bond rapide, franchissant le parapet, s'élança dans le fleuve.

On entendit un bruit lourd d'objet tombé dans l'eau, et le chiffonnier, jetant des cris d'alarme, courut à la rive. Au bruit, des bateliers arrivèrent; mais la nuit était hor-

riblement noire, la rivière était grosse, et
les recherches que l'on poussa dans tous
les sens, aux environs de la chuté, restèrent vaines.

Le lendemain, Paul A..., l'un de nos camarades, à son lever, recevait la lettre sui-
vante, la dernière qu'Étienne Moret eût
écrite :

« Mon cher ami,

» Quand tu liras cette lettre, je ne serai
plus de ce monde. Je le quitte volontaire-
ment, n'y étant bon à rien. Te rappelles-tu
cette fameuse leçon que notre chef de sec-
tion, le grand cacique, comme nous disions
en ce temps-là, fit sur le suicide? Le souvenir m'en poursuit depuis bien longtemps,
et il me revient encore plus précis et plus
net à cette heure où je vais, pour me servir
de son langage, désagréger le groupe de
faits qui constitue mon être. Il avait raison,
je n'avais pas été taillé par la nature pour

les luttes de la vie, et c'est une implacable loi que les créatures mal armées pour ce combat soient dévorées et disparaissent.

» Dis de ma part un dernier adieu à ceux de nos camarades qui m'ont un peu aimé. Je souhaite qu'ils n'accusent personne de ma mort. Chacun se fait son destin soi-même, et c'est ma faute si le mien n'a pas été plus heureux. Ne vous reprochez point de n'avoir pas connu ma misère et de ne pas vous en être inquiétés. Je sais qu'au besoin votre bourse m'eût été ouverte. Mais à quoi cela eût-il servi, qu'à prolonger de quelques jours une existence inutile et pénible ?

» Je n'avais ni famille, ni parents, et la seule personne pour qui je me donnais le mal de vivre n'existe plus pour moi. Mon départ ne fera donc pas grand vide. Je ne laisse rien ; ma succession sera facile à régler, et ne te donnera pas d'embarras. Je te recommande la mère Dumont, dont je t'ai parlé. Si jamais elle a besoin d'un louis, n'attends pas qu'elle te le demande. Tu vois mon ami, on croit ne plus tenir à rien sur la terre, et l'on y laisse toujours quelqu'un ou quelque chose à qui l'on s'intéresse. C'est fini maintenant; allons, adieu, une bonne poignée de main. Je vais bientôt en savoir sur l'autre vie autant et plus que l'illustre philosophe Sincou. Je lui pardonne avant de mourir.

» Je t'embrasse.

» Ton vieil ami,

» ÉTIENNE MORET. »

« *P.-S.* — Si tu es en fonds, paie mon terme. C'est le seul legs que je puisse te faire. »

Au reçu de cette lettre, notre camarade courut au logis d'Étienne. Le concierge répondit d'un ton bourru que son locataire était sorti le soir et n'avait pas reparu de la nuit. C'était d'autant plus étonnant qu'il avait promis d'acquitter le trimestre de son loyer, et qu'il était d'ordinaire fort exact. Paul A... pensa qu'il aurait plus court d'aller à la Morgue.

C'était là que devait inévitablement venir s'échouer le cadavre de notre ami, puisqu'il n'avait pas choisi son domicile pour s'y donner la mort.

Le corps d'Étienne Moret venait en effet d'être apporté dans l'établissement funèbre quand Paul y entra; il était étendu sur la dalle et très-reconnaissable. Paul donna son nom et dit qu'il se chargeait de l'enterrement.

Il fit aussitôt, parmi ses collègues, une petite collecte pour subvenir aux frais des modestes funérailles.

Il écrivit à l'illustre philosophe :

« Monsieur,

» Votre secrétaire, Étienne Moret, s'est jeté à l'eau pour ne pas mourir de faim.

» J'ai l'honneur de vous inviter à son enterrement, qui se fera demain, à onze heures
précises.

» Je vous salue avec le respect que vous
méritez. »

Et il signa.

Il s'en fut chez la mère Dumont, qui jeta
les hauts cris et pleura abondamment en
apprenant cette nouvelle.

— C'est elle qui l'a tué, la misérable
enfant! dit-elle dans un transport de désespoir.

— Prévenez-la, répondit notre ami; elle
viendra à l'enterrement, si elle veut.

Une question s'était débattue entre les
professeurs. Fallait-il demander pour Étienne
les prières de l'Église? Il n'y avait aucun
droit, s'étant donné la mort, et puis il était
fort douteux que ses opinions philosophiques
lui eussent permis de les réclamer, s'il avait

pu donner son avis. On tomba pourtant
d'accord que son testament, ne renfermant
pas d'ordres contraires, il valait mieux suivre
l'usage, et l'on s'en alla chez un prêtre, à
qui l'on exposa loyalement les faits.

C'était un brave homme, qui fut touché
de cette histoire.

— Il nous est permis de croire, dit-il à
ces messieurs, que votre camarade s'est
repenti au dernier moment et qu'il a fait
ce qu'il a pu pour se sauver. La miséricorde de Dieu est infinie, et je ne vois nul
inconvénient à prier pour lui, à lui accorder
une place en terre sainte.

Le lendemain, par un jour brumeux, une
demi-douzaine d'universitaires suivaient à
pied un convoi de dernière classe. Deux
personnes manquaient au cortége : l'illustre
philosophe, qui n'avait pas daigné répondre, et mademoiselle Pauline, qui justement
ce jour-là avait sa matinée prise par un
déjeuner que donnait Lorisseau.

On mit sur l'endroit où fut enseveli notre camarade une humble croix de bois noir avec cette inscription :

ÉTIENNE MORET

Mais la croix a depuis longtemps disparu, et il ne reste plus de ce pauvre garçon que le souvenir de ses malheurs, pieusement conservé dans le cœur de ses vieux amis d'école.

FIN

TABLE

IMPRIMERIE CENTRALE DES CHEMINS DE FER. — A. CHAIX ET Cⁱᵉ,
RUE BERGÈRE, 20, A PARIS. — 2000-6

www.ingramcontent.com/pod-product-compliance
Lightning Source LLC
Chambersburg PA
CBHW072103020726
47501CB00003B/692